PAUL CLUZET

BOBBY NAZEBROQUE

roman

BERNARD GRASSET
PARIS

Illustration de la bande : Flavie Etienne-Corcier

ISBN 978-2-246-83475-5

« I was dancing when I was twelve… »

Marc Bolan

À S.J.P.
Sans qui je n'aurais jamais voulu y croire.

CHAPITRE 1

Game over j'ai perdu tous mes cœurs

— Alors monsieur…

Il a pris le temps de regarder une de ses fiches avant de prononcer mon nom.

— Monsieur Néraire c'est ça, Robert ?

Il avait lu juste, je confirmai d'un signe de tête mon identité tout en cherchant une position confortable dans son siège suédois. Je remarquai que lui était assis, jambes croisées, sur un cuir molletonné de grande qualité. J'hésitai à m'allonger sur le divan à côté, essayant de déterminer si j'y serais mieux, mais la peur de m'endormir ou d'être somnolent m'arrêta. D'une voix douce et posée, il me demanda pourquoi j'étais ici, dans son bureau de quinze mètres carrés. Ce n'était pas la première fois que je me retrouvais devant un psychanalyste mais c'était la première fois que je le voyais, lui. Contrairement aux autres, il m'a tout de suite fait un effet extrêmement positif. Dès la fin de sa première question, je m'ouvris comme un petit papillon des neiges.

Faut dire que j'en avais besoin, j'avais vu personne depuis trop longtemps.

— J'ai plus d'envies, je me lève énervé ou triste, je dors mal et je suis constamment crevé, ce qui n'est pas vraiment normal à mon âge, je crois.

— Vous avez ?

— Vingt-neuf ans.

— Vous avez un travail, ou des activités exigeantes physiquement ?

— Non, au contraire, je vis grâce à un dédommagement suite à un accident du travail, j'ai perdu la première phalange de mon auriculaire il y a quelques années, je travaillais dans l'impression, massicot défectueux... Depuis, je dois dire que je suis plutôt situé à l'extrême opposé de ce qu'on appellerait des « activités physiques exigeantes ».

J'ai tendu mon petit doigt avec fierté afin qu'il puisse voir mon terrible handicap.

— Très bien. Poursuivez.

— Oui, donc, j'ai d'abord cru que j'avais un souci de santé. J'ai vu mon médecin mais il ne m'a rien trouvé alors il m'a conseillé de vous voir. Pour ça que je suis là. Je suis devenu terriblement passif, docteur, j'ai plus la force de rien faire. Je passe mes journées sur Internet... Sur Doctissimo j'ai lu que j'avais tous les symptômes d'une dépression. J'ai essayé de ne pas m'y fier, je sais que la plupart des gens qui publient sur le site ne sont pas médecins et qu'ils ont une fâcheuse tendance à l'hypocondrie mais j'ai croisé les informations avec d'autres sites plus pointus, et je pense sérieusement être dépressif. Je suis de plus en plus faible, il y a deux mois j'ai lu une phrase qui m'a anéanti, ça n'allait pas super avant, mais depuis c'est encore pire.

— Je vous écoute.

— Je l'ai trouvée sur Internet, un site de citations cette fois. J'ai toujours aimé les courtes phrases qui donnent une leçon de vie, parfois elles sont rassurantes, pas toujours mais… On se dit qu'on n'est pas si mal puisqu'on pense ou ressent la même chose que l'illustre écrivain qui a signé la phrase, ce qui est drôle, non pas drôle, ce qui est fou, c'est que souvent les phrases les plus inspirantes, les plus belles leçons de vie, elles sont écrites par des suicidés, alors la leçon, elle s'obscurcit… Merde, je m'éloigne.

Oui donc la phrase, je l'ai lue deux fois à quelques semaines d'intervalle, d'abord sur ce site de citations puis dans un bouquin de maximes qu'on m'avait offert. J'ai une fâcheuse tendance à croire qu'y a des signes qui ne trompent pas. Que parfois l'univers veut nous faire comprendre quelque chose. Donc en la lisant la seconde fois, j'ai eu un certain choc… J'étais en train de ranger mes étagères, quand j'ai eu un besoin pressant. J'y allai donc, avec un livre de citations, je ne l'avais pas choisi en particulier, c'était celui que j'avais en main à ce moment précis, au milieu de mon rangement. Chose naturelle, après m'être assis, j'ai ouvert le bouquin, et la première phrase que j'ai lue, la toute première citation, c'était celle qui m'avait déjà bouleversé quelques semaines avant, vous vous rendez compte de la probabilité ? Absurde, non ? Vous voyez ce que je veux dire quand je parle de signe ? Comment interpréter ça, hein ?

Il n'a pas dit un mot, il attendait patiemment que je termine.

— Je sais plus qui l'a écrite, un homme je crois. Ouais, autre problème, j'ai plus de mémoire, doc. Je veux dire, même cette phrase que j'ai lue sur les chiottes vingt fois d'affilée, je ne pourrais pas la citer précisément, je ne me souviens que du sens ; il ou elle disait qu'il ne fallait surtout, surtout jamais décevoir l'enfant qu'on était. J'ai tout de suite eu l'impression d'être un raté doublé d'un traître. Depuis, cette phrase ne me lâche plus et je ne fais que repenser à moi enfant, à chaque fois qu'il m'arrive un truc un peu singulier, je me demande ce que le moi gamin en aurait pensé, ce qu'il aurait fait à ma place, ou voulu. Si bien que ça doit faire maintenant deux semaines qu'il ne me quitte plus, il est tout le temps là avec moi. J'ai constamment son image en tête. Je sais que je l'ai déçu. Il m'en veut parce qu'il s'imaginait autrement à mon âge, bien plus accompli, vous comprenez ?

Il a attendu une vingtaine de secondes pour être sûr que je n'avais rien d'autre à ajouter, il a repris d'une voix calme :

— Cet enfant, vous le « voyez », vous dites ? Est-ce qu'il est là avec nous, dans cette pièce ?

— Mais non... Je suis pas cinglé comme ça, docteur. C'est juste une image.

— Est-ce que vous lui parlez ?

— Ouais, quand je suis seul ça m'arrive.

— Est-ce qu'il vous répond ?

— Docteur, je sais qu'il n'existe pas hein, faut pas me prendre pour un dingue non plus.

— Essayez de me répondre sans juger mes questions ni vous-même. Qu'est-ce que vous voulez dire quand vous dites que c'est « juste une image » ?

— Bah... euh... À force de penser à lui, j'imagine que mon cerveau a construit une image, donc ouais ça m'arrive de le voir, mais dans ma tête, et il se peut que je lui parle aussi. Je pense beaucoup à lui, enfin dès que je trouve que mon existence est un grand gâchis, ce qui est assez permanent en ce moment puisque je pense faire une dépression.

— Mais vous ne l'avez jamais vu, comme vous me voyez moi ?

— Je viens de vous dire que non...

Je me suis arrêté d'un coup. J'ai réalisé que mes réponses n'étaient pas tout à fait véridiques. Depuis quelques jours je lui parlais beaucoup. Encore la veille je lui avais parlé toute la nuit. Est-ce qu'il me répondait ? J'avais un doute. En tout cas lui était bien présent, je pouvais revoir son sourire faussement innocent pendant que je m'excusais pour la vacuité de mon existence. J'hésitai à mentionner l'épisode. Je me suis imaginé pendant une seconde en camisole de force entouré de murs capitonnés. J'ai vite chassé l'idée, je suis resté silencieux quelques secondes mais l'envie de me confier était trop importante. J'ai décidé de lui faire confiance.

— Ça m'arrive peut-être de le voir quand je suis bourré.

— Vous buvez beaucoup ?

— En ce moment, pas mal ouais.

— Vous pouvez me dire combien de verres par jour ?

— Non.

— Vous buvez tous les jours ?

— Ouais, mais le soir surtout.

— Plutôt du vin ou plutôt de l'alcool fort ?

— Plutôt les deux.

— Et vous ne pouvez pas me dire en quelle quantité ?

— Non, mais c'est sûrement trop.

Il a noté quelque chose sur son petit carnet bleu ciel. J'ai cherché une trace de jugement sur son visage et je l'ai trouvé une nouvelle fois très professionnel.

— Est-ce que cet enfant est menaçant ? Est-ce qu'il vous oblige à faire certaines choses que vous ne voulez pas faire ?

— Mais non ! Bordel, est-ce qu'on peut arrêter avec le truc de l'enfant ? Excusez-moi mais vos questions sont très, très loin de la réalité ! Cet enfant, c'est juste une présence, une représentation que j'ai dû créer parce que je me sentais seul après avoir lu une pensée à la con.

Il a marqué une longue pause qui m'a permis de redescendre. Autre conséquence de ma santé mentale, je m'énervais vite. Je n'avais aucune patience, et comme je n'avais pas l'énergie d'être véritablement en colère, je restais frustré et tendu. Il a dû le sentir parce qu'il me regardait depuis avec un calme impressionnant. Il devait avoir à peine quarante ans, ses tempes grisonnantes contrastaient avec l'éclat de sa peau soignée, sans une ride. Sur son bureau, situé à ma gauche, était posée une photo encadrée d'un homme d'à peu près son âge. Je remarquai ses lunettes, et me souvins d'une récente publicité pour des branches de couleur interchangeables. Les branches étaient beige clair, comme son pantalon. Je venais de comprendre son secret : le matin en se réveillant il associait les couleurs, d'où son style chaleureux, coloré et accueillant. Je me suis demandé s'il était homosexuel, puis une seconde après je me suis demandé si c'était homophobe. Je voulais lui poser la question mais j'avais peur de paraître stupide.

— Vous vivez seul ?
— Oui.
— Vous êtes en couple ?
— Non.
— Vous ne voulez pas en parler ?
— Si, non, enfin si vous pensez qu'il faut le faire, d'accord.
— Comprenez-moi bien, rien n'est obligatoire ici, c'est à vous de choisir. Parler libère, mettre des mots sur vos soucis et tracas, c'est aussi comprendre ce qui ne va pas.
— Avec tout le respect que j'ai pour vous, je crois que j'ai dépassé le stade des soucis et des tracas…
— Quels mots utiliseriez-vous, dans ce cas ?

Je n'avais plus envie de lui répondre, je sentais qu'il ne me prenait pas tout à fait au sérieux ou qu'il ne me considérait pas vraiment comme un dépressif. Je savais que je n'aurais pas dû mentionner Doctissimo, j'avais perdu toute crédibilité à la seconde où j'avais prononcé le mot. Il avait dû se dire : « Encore un imbécile qui se croit médecin parce qu'il sait lire… »

— Vos branches de lunettes ?
Il a marqué un temps, comme s'il ne comprenait pas la question.

— Oui ?

— Elles sont interchangeables, non ? Vous avez plusieurs couleurs ?

— Pourquoi vous voulez savoir ça ?

— Je sais pas, comme ça.

— Vous voulez dépenser notre temps, et votre argent, sur cette question ?

— Non, pardon, d'accord.

Finalement, je me lançai, je lui expliquai qu'il y avait une femme à l'origine, suivie d'une solitude qui durait depuis deux, trois ans. Quant au sentiment d'inutilité, d'ennui, de morosité permanente qui transformait la moindre envie en cauchemar d'effort, où la volonté s'annihilait pour laisser place à l'autoflagellation et donc à la dépréciation entière de ma personne, tout ce bazar-là, ça devait faire une grosse année. J'évoquai le mois dernier, pic de souffrance. Ivre sur Internet, je regardais le Facebook de Laura, mon ex, et je réalisai que son mec actuel, cet Alexandre, elle l'aimait et même qu'elle adorait montrer tout son amour en photos. Je descendis le « fil d'actualité » comme ils appellent ça, des vacances en Corse, des dîners, des sorties en mer, et cette photo d'anniversaire, eux deux s'embrassant avec inscrit en dessous, entre huit émojis bougies, « Laura et Alexandre, en couple depuis trois ans ». Bien entendu j'ai trouvé ça vulgaire et ringard. Mais ça m'a fait du mal. J'avais compris avec cette photo que je n'étais qu'un détail dans sa vie, une petite amourette, tandis que moi, elle me hantait encore quotidiennement.

On arrivait à la fin de la séance. Il m'a parlé d'un processus de guérison, de temps, d'envie de s'en sortir qu'il fallait apprendre à cultiver. On a fixé un prochain rendez-vous. On s'est serré la main, j'ai regardé une dernière fois ses branches de lunettes en me demandant si c'était le bon, j'avais un vrai feeling en tout cas.

CHAPITRE 2

Bobby fruit du blues

Il devait être seize heures et j'étais parfaitement sobre, je suis allé boire des coups, plus par habitude que par nécessité. J'ai trouvé une brasserie un peu chic où il n'y avait personne.

Je m'y suis arrêté parce qu'en allant fumer sa cigarette, le barman a entrouvert la porte et j'ai entendu à la radio Lee Moses qui chantait « Bad Girl » alors je suis rentré sans vraiment réfléchir. J'ai pourtant horreur des brasseries impeccables, avec leur trop-plein de miroirs, leurs grosses ampoules suspendues et leur bar verni impeccable mais cette chanson, cet homme… Plus de cent kilos de désespoir hurlant, cette voix rauque rendue humide par les larmes coincées au fond de sa gorge, ce putain de souffle, au bout, tout au bout, poumons brûlants et le cœur à terre, Dieu, comme il devait l'aimer cette méchante fille ! J'ai failli repartir à la fin de la chanson, mais Lee faisait partie ce soir d'une émission de radio spécial gospel n'blues, ce qui indiquait clairement une association au bourbon. Le garçon derrière le bar était tatoué mais cordial. On a enchaîné sur Tina Turner « Workin' Together » puis Joe Tex « The Love You Save ».

J'étais aux anges six pieds sous terre, l'ivresse fournie par le bourbon possède cette rare qualité de me décontracter musculairement plus que n'importe quel autre alcool, tout en me conférant des pouvoirs extralucides sur ma condition d'être humain.

Le gentil Blanc que j'étais avait des problèmes de cœur. À côté des génies comme Lee, ma souffrance était ridicule...

— Un autre, s'il vous plaît.

C'est là qu'il a décidé de refaire surface.

Bobby, appelons-le Bobby, est apparu sur le tabouret à côté du mien, même taille, même poids, même air suffisant, exactement ce que j'étais à douze ans.

Même si je savais pertinemment qu'il était le produit de mon imagination, j'avais parfois du mal à m'en rappeler. Tout en entamant mon quatrième verre, j'essayais de ne pas le regarder pour ne pas faire peur au barman. Ses petites jambes n'atteignaient pas le repose-pieds, il les agitait dans le vide. Le menton posé sur le comptoir en zinc, les bras ballants, il ne regardait nulle part.

Une fois bien ivre, j'ai pas pu m'empêcher de lui dire, juste pour déconner :

— Tu veux une limonade ?

Il m'a fixé avec son habituel mépris, pivotant son visage de quelques degrés pour croiser mon regard avant de revenir à sa position initiale.

Le barman m'a annoncé qu'il ne me servirait plus, je suis resté poli et suis parti de moi-même le plus droit possible sur mes deux pieds.

Dans la rue, des chansons plein la tête, l'air frais sur mon visage et Bobby sur mes épaules, l'effet thérapeutique de ma récente confession m'avait rendu léger. J'avais besoin de douceur. J'ai envoyé un texto à Marjolaine qui m'a répondu assez vite. Elle proposait qu'on se retrouve chez moi dans une heure et demie, ce que j'ai immédiatement accepté. On s'est un peu promenés avec Bobby, il insistait pour appuyer à chaque passage piéton sur le bouton pour les personnes malvoyantes, « Feu rouge piétons, 19 rue Saint-Jacques ». Il adorait la voix robotique et féminine, qui détachait chacun des mots. Et lorsque le feu passait au vert, il dansait, toujours sur mes épaules, au son du jingle débile reconnaissable entre mille.

— J'en peux plus, moi, de cette foutue musique, lui disais-je.

— Allez steup, juste une dernière fois.

— Bah vas-y, éclate-toi.

« Feu rouge piétons, 14 boulevard du Palais. »

II

Le jour tombait rapidement, ne restait qu'un bout de soleil rouge se détachant du gris uniforme qui descendait sous la Seine. Les bouquinistes cadenassaient leurs bibelots, les bateaux-mouches avaient allumé leurs projecteurs, Bobby en raffolait. À chaque nouveau passage, il pointait du doigt les embarcations remplies de touristes qui saluaient les riverains de grands signes de la main sans qu'on leur réponde.

La ville changeait, les terrasses des cafés se remplissaient, les gens s'agglutinaient sous les chauffages extérieurs, fumant, buvant, bavardant de tout et de rien, « Oh je suis morte, l'enfer au taf aujourd'hui, tu peux pas savoir… J'en peux plus… » disait une grande brune, fine cigarette entre deux doigts, à une plus petite blonde qui ne l'écoutait pas.

J'aurais aimé reprendre un verre pour surprendre d'autres conversations, un de mes passe-temps favoris, mais Bobby ne voulait pas qu'on s'arrête à nouveau. Bobby n'aimait pas que je boive, généralement je ne l'écoutais pas mais cette fois il avait raison, surtout si je voulais assurer un minimum plus tard avec Marjo.

— Toi aussi tu devrais te trouver une copine, tu serais moins triste, a dit Bobby.

— Je sais…

— Pourquoi tu le fais pas alors ?
— C'est pas aussi simple.
— Tu me donnes toujours la même réponse…
— Bah ouais mais c'est la vérité.
— Moi je suis amoureux de Sarah, tout est très facile.
— Correction, tu es secrètement amoureux de Sarah. Tu vas voir, toute ta vie tu vas être secrètement amoureux tout le temps, et principalement d'Alicia Keys, bonne chance avec ça.
— Ouais sauf que moi je peux lui parler à Sarah, quand je veux.
— Au risque de te décevoir une énième fois, on lui parlera jamais à Sarah, tout ce qu'on fera c'est passer des heures à contempler ses cheveux parce qu'elle est assise une place devant nous en classe.
— Je lui parle quand je veux à Sarah, surtout si ça me permet de pas terminer seul comme un gros naze… Tu vois de qui je veux parler ?
— T'es marrant, toi.
— Plus que toi, vieux nazebroque.

On a continué à marcher tous les deux sur les pavés des quais, je n'avais pas envie de rentrer chez moi et d'attendre Marjo tout seul, même si Bobby ne risquait pas de disparaître de sitôt… Je sentais que ça me faisait du bien d'être à l'air libre, j'étais à peine sorti pendant tout le mois d'octobre. On est arrivés sur le parvis de Notre-Dame. Les églises me font toujours peur, je les évite. Mais je n'avais pas fait attention à la direction que je prenais, à cause de Bobby, qui occupait une grande place dans mon esprit d'homme ivre. Devant la façade principale de Notre-Dame, en levant la tête, j'ai vu les saints qui clignotaient, il devait y avoir un faux contact dans l'éclairage, car ils s'éteignaient et se rallumaient. L'ivresse me faisait phaser sur les lumières. J'ai fixé saint Pierre qui me regardait de travers. Le visage fermé et sans pitié, ses yeux froids me jugeaient, je le sentais.

Je suis resté devant une bonne dizaine de minutes, je l'ai combattu du regard, refoulant la peur qu'il m'inspirait, et j'ai hurlé : « Descends de ta façade, vieux golem ! » J'attendais sa réponse quand Bobby m'a tiré les cheveux et m'a rappelé à la réalité, « On y va ? J'aime pas trop ici ».

On a traversé la Seine pour aller rive droite. On s'est enfoncés dans le Marais. Les vitrines éclairées exposaient leurs vêtements hors de prix, mais il ne semblait plus y avoir d'animaux morts. Le temps des fourrures était terminé, les riches avaient développé un début de conscience, restait plus que les clodos crevant de froid sur les bouches de métro qui rendaient Bobby tout à fait triste, il s'est arrêté devant les trois ou quatre qu'on a croisés comme pour s'assurer qu'ils étaient bien vivants. Après avoir posé ma veste sur les épaules du premier et donné ce que j'avais en poche au deuxième, je pouvais plus faire grand-chose...

— Qu'est-ce tu veux que j'y fasse, Bobby ? Les SDF ne sont pas classés comme espèces protégées, et en plus leurs peaux ne rapportent pas une thune...

— T'es pas marrant...

— Pardon, c'est le Marais, ça m'engloutit.

Il a fallu une bonne dizaine de minutes pour qu'il oublie son chagrin et recommence ses conneries. Il a souri comme pour me mettre au défi, et d'un coup de pouce a appuyé...

« Feu rouge piétons, 34 rue des Rosiers. »

— J'en ai marre de toi, tu sais.

Il hurlait : « FEU-ROUGE-PIÉTONS, TRENTE, QUATRE, RUE-DES-ROSIERS ! »

On a traversé la rue, puis celle de Turenne avant d'arriver place des Vosges où des couples bien habillés sortaient des immeubles. Sous les vieilles arcades en pierre où chaque bruit résonne, on les entendait dîner, discuter, boire et s'aimer sans doute. Le son des talons, particulièrement, la cadence des différents pas, apportait un tumulte chaud et agréable.

Parfois un mec se retournait vers moi sans être vraiment menaçant, il devait sentir une présence dérangeante, je voyais des Alexandre partout, lui qui m'avait volé l'amour de ma vie accompagnait désormais chaque jolie femme...

Bobby marchait à côté de moi, en faisant attention à ne jamais poser le pied sur les joints des pavés…

— Regarde, regarde, regarde !

— Fantastique, Bobby.

— Je suis sûr que t'es pas cap'.

— J'essaye déjà de marcher droit, si tu veux, donc bon…

Mon téléphone s'est mis à vibrer, je m'attendais à ce que ce soit Marjolaine mais l'écran affichait : « Papa », un frisson d'horreur m'a parcouru l'épiderme. Lorsqu'on s'attend à un message érotique, l'imagination peut être si vive qu'elle anticipe. C'était exactement l'inverse de ce que j'espérais.

Mon père m'annonçait qu'il allait se séparer de ma mère et qu'il m'appellerait bientôt. J'avais l'habitude de recevoir ce genre de message tous les trois, quatre mois. J'étais fils unique, et je ne sais pourquoi il s'était mis en tête qu'en m'envoyant ce genre de texto, ça rendait sa décision plus officielle. Il ne s'y tenait jamais. Comme d'habitude, je ne répondis pas.

Demain, ou après-demain, j'aurais à nouveau un message m'annonçant leur réconciliation.

Bobby continuait dans son infinie marelle, à cloche-pied, il réussissait à tous les coups. Il était très content de lui.

Rue Jean-Pierre Timbaud, des bars bondés, tant de pintes de blonde. J'ai écarté l'idée de m'y arrêter même quand il s'est mis à pleuvoir ; au lieu de ça j'achetai deux cheeseburgers dans une sandwicherie douteuse. Quand le gars m'a tendu le sac en plastique contenant mes deux boîtes jaunes en polyester, j'ai réalisé que je n'avais pas besoin de nourrir Bobby mais seulement moi-même, Bobby ne se nourrissait que d'alcool. J'ai acheté tout ce qu'il leur restait en canettes de bière fraîche, c'est-à-dire une demi-douzaine de trente-trois centilitres.

III

Je marchais au rythme d'une bière par demi-kilomètre quand mon portable s'est mis à vibrer. C'était Marjolaine cette fois, qui m'envoyait : « Chez toi dans un quart d'heure mon chat. »

Je l'avais contactée un soir désespéré, un de ces moments où le besoin de tendresse ne se comble plus par la bouteille, et que l'impossibilité de trouver le sommeil tourmente tant que l'on ferait n'importe quoi pour s'endormir avec une femme dans les bras, ou mieux, dans les bras d'une femme, ou encore mieux, dans un savant mélange des deux. J'avais consulté plusieurs sites d'escorts pour finalement choisir le plus sobre. Page trois apparut Marjolaine, sa photo de profil n'était pas comme celle des autres, aucune bouche en cul-de-poule ou cambrage exagéré. Elle posait en jean-baskets et avait écrit sous sa photo : « Je ne fais pas de trucs bizarres. » J'avais été immédiatement conquis.

Je suis monté dans une Laguna bleu ciel, le chauffeur s'appelait Denis, un quart d'heure était un peu juste pour finir la route en marchant et je n'aimais pas faire patienter les dames.

CHAPITRE 3

Fidèle à Marjolaine

Adossée à ma porte, elle lisait. Marjolaine commençait sa quatrième année de fac de Lettres modernes et préparait son mémoire sur Goethe. Elle avait toujours un bouquin de lui sur elle, connaissait même certains passages par cœur.

Elle a levé la tête de son livre, et au moment où nos regards se sont croisés, la lumière de la cage d'escalier s'est éteinte, elle l'a rallumée en une demi-seconde.

— T'es fait ?

— Comme un rat.

— T'es chiant…

— Mais j'ai de la vodka.

J'essayai de laisser Bobby dehors en ouvrant et refermant ma porte le plus rapidement possible, mais il passa à travers comme la saloperie d'ectoplasme imaginaire qu'il était. Marjolaine me regarda d'un air étrange puis me demanda la vodka. Je lui servis un verre mais elle préféra prendre la bouteille, je sortis l'argent que j'allais lui devoir.

— Non mon chat. Pas cette fois, c'est la dixième sur la carte. Et puis Zubrowka, tu régales, je te dois bien ça.

Il y a quelques mois, un soir, pour déconner, Marjolaine m'avait fait une carte de fidélité, je pensais qu'elle n'en tiendrait jamais compte mais elle avait gardé la carte et noté neuf petits cœurs dessus, me permettant de ne pas avoir à payer pour ce soir.

— T'es sérieuse ?

— Oui mon chat, faut récompenser la fidélité.

— Oh c'est cool, merci.

— Tu veux bien mettre de la musique ?

— Tchaïkovski ?

— Arrête de me prendre pour un cliché, Goethe et la vodka d'accord mais… mets-nous un sale truc de capitaliste comme tu sais si bien le faire. Ou un de tes poètes rockeurs tristes qui ne jouent que de la guitare.

Ni une ni deux, j'attrapai le vinyle de *Harvest*, le fis tourner de 180 degrés pour atteindre la face B, deuxième rainure en partant de la droite.

« Old man take a look at my life, I'm a lot like you. »

Elle commença par retirer lentement ses bas, en prenant des poses sensuelles d'actrice de cabaret, le nylon qu'elle faisait rouler le long de ses cuisses hypnotisait Bobby qui restait bouche bée. Puis, sans prévenir, pour me faire rire, elle enleva le reste de son collant maladroitement, à toute allure. Chaplin n'aurait pas fait mieux. J'étais plié en deux.

On est passés dans la chambre, Bobby a suivi, je posai sur lui des yeux énormes pour qu'il comprenne qu'il n'était pas le bienvenu mais rien à faire, il ne lâchait pas Marjolaine d'un pouce. Debout à côté du lit, il nous regardait. J'ai pas réussi à avoir une érection, j'ai craqué, je me suis mis à chialer et j'ai raconté le problème à Marjolaine.

— C'est toi quand t'avais dix ou douze ans ?

— Ouais, exactement la même gueule.

— T'as des photos ?

— Oui…

— Tu ne veux pas me les montrer ?

— Pour quoi faire ?

— Pour que je comprenne.

— Mais y a rien à comprendre à part ce que je t'ai expliqué.

— Si c'est aussi simple, tu connais la solution, arrête de boire.

— Facile à dire, arrête de tapiner…

— Je tapine pour gagner ma vie.

— Je bois pour rester en vie. Même combat.

— T'es vraiment con.

— Non, pardonne-moi mais non, t'es pas obligée de vendre ton corps, tu pourrais faire d'autres jobs.

— D'autres jobs ? Cite-m'en un autre où je peux gagner autant en travaillant sept à huit heures par mois ? Et tu bois pour rester en vie ? T'es soit vraiment con, soit vraiment lâche.

— Les deux. Sept à huit heures, sérieusement ? C'est honteux, et tu te fais combien ?

— T'as un sacré culot pour un mec qui ne fout rien de ses journées et vit grâce à un petit bout de doigt perdu…

— Putain, pourquoi je t'ai raconté tout ça…

— Seul toi le sais. Et pour bien gagner ma vie avec mon corps, je passe quatre-vingts pour cent de mon temps à écouter des types comme toi parler de leur petite vie de bourgeois…

— Ça c'est parce que tu choisis ta clientèle en fonction de son niveau social. Ouvre-toi un peu, sois charitable, baise des pauvres, t'en apprendras sûrement plus sur la vie…

— Mais réveille-toi, y a que des bourges friqués pour payer trois cent balles la nuit une fille rencontrée sur Internet. Je ne tapine pas dans la rue parce que je suis pas con, parce que je suis pas une immigrée qui n'a pas le choix, confonds pas tout. Allez, tu m'as saoulée, je vais boire.

Elle est sortie de mon lit nue, elle était ravissante. J'aimais son répondant, j'aimais me disputer avec elle, elle me remettait toujours bien à ma place, c'est-à-dire au fond du couloir des trous du cul, sur la gauche, dans le coin des imbéciles… Je l'ai rejointe dans la cuisine, elle avait mis une culotte, seins à l'air elle buvait à la bouteille.

— Faut que tu te ressaisisses, Warren.

Je ne m'appelais pas Warren.

— Je sais, Marjolaine.

Elle ne s'appelait pas Marjolaine.

— Non sérieux, t'es loin d'être con, loin d'être à plaindre, bouge-toi, je sais pas moi, rends-toi utile. Tu fais rien de tes journées donc le mental, il débloque, c'est normal.

— Hé ! Attends, je ne te paye pas pour me faire la morale.

— Déjà ce soir c'est offert, après trouve une autre fille si tu veux pas de morale.

— Tu sais très bien que je peux pas, c'est toi ma préf'.

On a fini la bouteille. On a réécouté un poète-rockeur triste (je n'avais rien d'autre), Nick Drake, un morceau où le piano remplace l'habituelle guitare, juste pour le plaisir de la contredire.

Bobby avait passé la soirée à se rincer l'œil, il n'était même plus méprisant, il était resté assis sagement sur une chaise, je l'avais presque oublié, jusqu'à ce que Marjo parte.

II

Après son départ, j'ai refait une crise, je ne sais pas si on peut appeler ça une crise d'ailleurs, mais je suis resté muet et statique pendant plusieurs heures. Il a bien essayé de tirer sur ma manche, de capter mon attention, il a fait quelques grimaces, je l'ignorais, j'étais parti loin de mon corps. Il commençait à prendre de plus en plus de place. La dernière fois que j'avais vu Marjo, il n'était encore qu'une idée... Désormais, il était une ombre créée par mes ivresses. Quant à voir Marjo sobre, je n'étais pas prêt. Mon addiction allait donc m'enlever le peu de libido qui me restait, et coller un enfant à mes côtés pour toujours.

— Tu fais chier, Bobby, va-t'en maintenant.
— Pourquoi, qu'est-ce que j'ai fait ?
— Parce que je peux pas te laisser à la porte, ou au moins t'ignorer quand je le veux. Ça va pas. Ça va plus du tout.

C'est parce qu'il incarnait la culpabilité qu'il avait sa place tout près de moi, je le savais, ses traits étaient de plus en plus distincts alors que le reste devenait flou. À grandes gorgées. Relents de remords, terrible sentiment de vacuité, sur Terre pour souffrir ? Sur Terre pour aimer ? Sur Terre pour me la mettre à l'envers ?

Et pourquoi rester là ? Comment c'est, six pieds là-dessous ?

— Dis pas ça ! a chuchoté Bobby.
— J'en ai marre.
— Tu fais aucun effort. C'est ça ton problème.
— Voilà, c'est ça, bravo.
— Pourquoi t'as jamais rien fait pour les animaux ?
— De quoi ?
— Tu sais, moi j'adore regarder des documentaires animaliers, je sais trop de trucs sur les animaux, sur la savane surtout, je pensais que t'allais faire des études pour les observer, les filmer, tout ça ! Pourquoi tu l'as pas fait ?
— Parce que… Qu'est-ce tu veux que… Ils sont tous en train de disparaître, tu sais ? Ç'aurait été déprimant.
— Vraiment ?
— Oui. Par exemple, les rhinos ? Finis, mec.
— Tous les rhinocéros ?
— Non, il en reste des gris, ils sont plus petits, mais les blancs, finito. Enfin il reste un seul mâle dans toute l'Afrique, il est constamment surveillé par trois rangers, mais ça sert à rien parce qu'il ne pourra plus jamais se reproduire.
— C'est trop triste.
— Eh ouais…

— Et archéologue ? J'aurais adoré voyager, trouver des vieux trucs, des fossiles, des trésors…

— Non, non, tu vas comprendre dans quelques années qu'archéologue, c'est chiant, ou faut être vraiment passionné, c'est Indiana Jones qui t'a mis dedans, mais les archéologues n'ont pas de flingue, pas de fouet, les meilleurs moments dans leur carrière, c'est quand ils brossent des os avec des pinceaux tout fins. Et puis faut faire des études de dingue, vraiment.

— Agent secret ?

— Non bah non, faut passer par l'armée et être un surdoué et puis s'entraîner à buter des gens, ça, cette envie, elle devrait disparaître de ton imagination d'ici quelques mois, tu verras.

— Et des cours de guitare ? J'aimerais trop être une rockstar.

— Ouais Bobby mais putain t'es trop jeune, c'est pas parce que tu joues de la guitare, même hyper bien, que tu deviens une rockstar. Y a un monde entre les deux… J'y peux rien moi si tous tes rêves sont aussi difficiles à réaliser, et n'ont rien à voir avec la réalité. Ou entre eux ! C'est bien la preuve que ce sont des fixettes, des passades, tu peux pas vouloir faire des docs animaliers, être une rock star, un archéologue et un espion…

— Quand est-ce que je deviens un vieux naze, en fait ? Explique-moi. Tu pouvais pas te concentrer sur l'un de ces trucs, essayer au moins ? Qu'est-ce que c'est qu'une petite heure de guitare par jour ? On aurait peut-être pas fini rock star, mais ça nous aurait peut-être ouvert des pistes, t'as même pas voulu tenter le coup… Une école pour apprendre à filmer les animaux, ç'aurait été marrant, on serait sûrement pas partis en Afrique, on aurait peut-être pas suspendu un énorme filet entre deux arbres, dans une plaine, pour observer les lions, mais on serait peut-être allés en montagne faire un reportage sur les taupes, et ça aurait été cool quand même…

— Écoute, en grandissant tu comprendras.

— Nan jamais.

— Si, tu comprendras que la réalité de la vie est bien plus compliquée. Je sais que je t'ai déçu, et ça me perturbe beaucoup puisque tu es désormais constamment avec moi. Mais c'est comme ça. C'est la vie, enfin, ma putain de vie.

— Il doit y avoir un moment précis où je deviens naze, ou alors c'est petit à petit ? Parce que quand je te vois, je me reconnais pas. Ça peut pas être moi. T'as que des excuses, et elles sont toutes nulles. T'as jamais vraiment essayé, en fait. Ok, j'ai pas vécu grand-chose, mais je sais que quand on a vraiment envie, on peut presque tout réussir.

— Ok Bobby, vive Walt Disney !

— Tu vois, c'est ça ton problème, tu sais que te moquer. Tu sais même plus croire.

Avant que Bobby devienne aussi présent, j'étais moins seul. Je me forçais à voir des gens, de vieux amis du lycée. Il y a quelques mois, certains m'avaient même organisé une « intervention ». Ils s'inquiétaient. Ils s'étaient tous réunis pour m'expliquer que je buvais trop et que j'étais devenu triste et pénible. Bien entendu, ils avaient pris de jolies pincettes, m'expliquant tout leur amour pour moi, utilisant le mot « soutien » plus d'une centaine de fois… Je l'avais très mal vécu. Je déteste être le centre de l'attention, je n'ai pas supporté leur jugement même s'ils ont répété plusieurs fois qu'ils « ne me jugeaient pas ». J'aurais dû admettre avoir un « problème », l'accepter était la première étape. Au lieu de ça, j'ai explosé, tout en rage sourde et en phrases blessantes. Si moi je devais accepter mon problème, alors ils devraient tous en faire autant. Aux six intervenants, vieux amis d'antan, j'ai balancé leurs quatre vérités sans aucun filtre.

J'ai fait de la peine à chacun. Quelques jours plus tard, dans un message groupé mensonger, j'ai dit que je quittais Paris pour m'installer chez mes parents à Annecy. Ils m'ont « soutenu » là aussi, mais après plusieurs mois sans réponse de ma part, ils ont arrêté de prendre de mes nouvelles. Il y avait certes Jojo et Sully, les plus irréprochables, à qui je n'avais rien trouvé d'autre à dire que « Vous ne savez rien de la solitude, vous avez toujours été là l'un pour l'autre ». Car c'était impossible de leur trouver un vrai défaut à ces deux-là, ils étaient en couple depuis le lycée, ils étaient purs, de gentillesse, de tendresse, de tout. Eux deux seuls continuaient encore à m'envoyer des messages adorables, auxquels je m'efforçais de ne pas répondre. Voilà comment j'avais perdu le peu de vie sociale qui me restait et comment j'ai gagné Bobby.

— Tu pourrais passer un coup de fil à Jojo et Sully un de ces quatre, m'a dit Bobby.

— T'es pas couché, toi ?

— Je suis pas fatigué.

— Non j'ai pas envie, ça me saoule qu'on s'inquiète pour moi, ça me fait me sentir merdique.

— Tu devrais faire un effort.

— Ok merci Bobby, bonne nuit.

III

Il n'était pas encore midi quand j'ai essayé de me rappeler la veille.

J'ai immédiatement repensé à mon psy, j'avais envie de le revoir. C'était la première fois que je voulais revoir un docteur et c'était la première fois depuis longtemps que j'avais envie de voir quiconque. Il fallait que je lui parle de mes crises. J'ai pris rendez-vous, il me proposait de passer le jour même, un client s'était désisté. Je le retrouverais à seize heures à son bureau.

Il était quatorze heures, et face au bordel de mes deux pièces j'ai pris la fuite en rêvant d'un café. Je vérifiai mon téléphone machinalement avant de le mettre dans ma poche : j'avais reçu un texto de mon père disant qu'il s'excusait de son dernier message, que tout allait bien entre ma mère et lui et qu'ils m'embrassaient.

En sortant de chez moi, je regrettai de ne pas m'être mieux couvert mais une paresse immense m'empêcha de remonter mes cinq étages pour attraper un manteau plus chaud. J'avançais mains dans les poches, bras collés au torse, je me dirigeais vers mon habituel café quand une envie de changement, suivant mon réveil plein d'espoir, me poussa à continuer ma marche matinale en dépit du vent terrible, sûrement nordique, qui m'attrapait aux os et tendait chacun de mes muscles au passage. Dans certaines rues ouvertes, il était pire que dans d'autres. Je décidai d'aller dans son sens et m'engouffrai dans une petite rue sinueuse. Je marchai ainsi une dizaine de minutes sous la grisaille ambiante. Il n'y avait pas de marché, la place des Fêtes n'était pas joyeuse. Je la longeai du côté des immenses tours sud, continuai mon ascension vers Télégraphe. Au bout de la rue, un employé de la mairie en surpoids, gilet fluo et panneau stop dans la main droite, m'a fait traverser la rue déserte au péril de sa vie. Je suis arrivé à un petit carrefour presque vide de monde et de voitures. Il y avait une terrasse sur ma gauche, chaises et tables en plastique, et, assise, une femme, qui devait avoir mon âge et semblait encore moins couverte que moi.

J'ai tout de suite eu froid pour elle.

IV

Elle portait un fin manteau rouge qui lui arrivait aux genoux, le reste de ses jambes était nu, de vieilles Stan Smith et des chaussettes blanches ornaient ses pieds. Elle fumait. À côté de ses cigarettes était posé un verre, la couleur me fit penser à un pastis.

J'ai continué à la fixer jusqu'à ce que je me sente con alors j'ai marché vers la terrasse. Au moment de choisir une table, j'hésitai.

Je décidai de me mettre un peu à l'écart, mais à l'instant où j'allais m'asseoir, je me ravisai et pris la table à côté de la sienne. Comme il n'y avait personne d'autre, je me sentais encore plus bête. Je faisais attention à ne pas trop la regarder, j'étais nerveux. Je jetai quand même quelques coups d'œil : des cheveux châtains presque en bataille, juste assez mal coiffés pour être terriblement sensuels. Des lèvres sombres et gercées, quelques taches de rousseur… Je ne pouvais pas voir beaucoup plus d'elle. Elle faisait des mots croisés. Les sourcils froncés, elle tournait le bout de son crayon entre ses dents.

Le patron arriva au moment où elle notait le mot « aqueduc ».

— Qu'est-ce que je vous sers ?

— Un bourbon, un café et une grande tasse vide, s'il vous plaît.

— Un Irish coffee, quoi ?

— J'aime bien faire mon mélange et j'aime pas la chantilly.

— Très bien.

J'essayai de l'observer en cachette. J'étudiai ses jambes, nues, croisées, ses cuisses se courbaient à merveille, fines après les genoux elles s'élargissaient en parfaites proportions vers ses fesses que je pouvais presque imaginer.

Après quelques minutes, je me suis senti pervers alors j'ai sorti mon téléphone pour jouer à un jeu, en me détournant d'elle pour avoir l'air détaché.

Le patron a apporté mes consommations. J'avais les mains tremblantes à cause du froid et, sans le faire exprès, j'ai renversé mon café sur les cuisses de la fille. Sonné par ma maladresse, je l'ai regardé couler le long de ses jambes, assombrir ses chaussettes blanches, sans rien dire.

Honteux, sans voix, mes synapses en looping dans mon cerveau stupide, j'allais m'excuser, quand elle a commencé à écrire « murène » dans les petits cadres blancs…

Elle n'avait pas réagi non plus.

Elle était restée complètement immobile, aucun son, aucun sursaut.

Je ne savais pas où me foutre, j'aurais voulu creuser le sol à mains nues, arracher les pavés et me planquer sous terre pour une demi-éternité.

Le patron n'avait rien vu non plus, il était déjà reparti et j'ai fini par me dénoncer.

— Je suis vraiment terriblement désolé, j'ai renversé mon café sur vous.

Elle a d'abord regardé sous la table, puis en voyant ses cuisses tachées elle m'a simplement dit : « Oh pas grave, aucune importance, c'est qu'une paire de chaussettes… »

J'étais ahuri, comment elle n'avait pas senti la brûlure et pourquoi elle ne disait rien ? Trop mal à l'aise pour rester à côté d'elle, je suis allé me réfugier aux toilettes.

Là, j'ai évité de me regarder dans la glace, je me suis assis sur la cuvette en essayant de faire le vide et j'ai réfléchi à ce que je pourrais lui dire en y retournant : une blague suivie d'une proposition de chaussettes neuves ?

Sur les quelques mètres qui séparaient les toilettes de la terrasse, j'ai encore cherché la meilleure phrase d'accroche possible ; si je réussissais mon coup, j'aurais peut-être l'occasion de la revoir et de comprendre ce qui venait de se passer. Mes fantasmes se sont arrêtés net dès que j'ai mis un pied dehors, elle n'était plus là, ne restaient que son odeur et son paquet de cigarettes écrasé en boule sur la table, je l'ai pris et je l'ai mis dans ma poche sans réfléchir.

Il n'a fallu que quelques secondes au vent idiot pour balayer son parfum. J'ai pensé que mon désespoir affectif expliquait l'immense peine que je sentais, qu'une personne normalement constituée ne pouvait pas être autant anéantie par une rencontre aussi furtive.

J'ai commencé à saisir l'étendue du problème, aussi lié à toute mon instabilité émotionnelle, en quelques minutes j'étais passé par des sentiments complètement opposés, je n'avais gardé aucun calme, je n'avais fait que me subir. L'émerveillement en la voyant, l'immense honte de ma maladresse, l'espoir d'une solution, et sa perte immédiate en ne la voyant plus. Et enfin, la joie de l'avoir rencontrée, et à nouveau l'espoir de peut-être la recroiser. J'ai repris à boire, j'avais du mal à avaler quoi que ce soit, je ne pouvais pas m'arrêter de sourire, zygomatiques en suspens une heure durant. Ce que cette jolie fille avait fait au pauvre gars que j'étais en une phrase et cinq minutes était de l'ordre de l'irrationnel, de la science-fiction, les ensorceleuses n'existent pas, Bobby.

J'ai passé l'heure à me répéter en boucle qu'il fallait que je me calme, que je ne la recroiserais sûrement jamais, j'inventais toutes sortes d'excuses pour m'en détacher, mais à force de m'interdire de penser à elle, je virais vers l'obsession…

Après mon troisième café irlandais, j'ai réalisé que l'alcool ne m'embuait pas comme d'habitude. J'avais l'esprit clair, aiguisé, alerte, le corps délicieusement chaud, et une étrange sensation de douceur se répandait sur tout mon épiderme.

Ça n'a pas empêché Bob l'emmerdeur d'apparaître face à moi, un gros pull en laine sur le dos et, par-dessus, une doudoune couleur kaki.

— Bien sûr que les ensorceleuses existent ! Et les potions d'amour, tu connais pas ? Elle est tellement trop belle !

— Faut pas que je m'emballe…

— Bah si ! Pourquoi pas ? Emballe-toi ! Emballe-toi comme un beau cadeau de Noël et offre-toi à elle !

— Calme-toi, faut rester lucide, là on a échangé deux phrases, on s'est parlé trente secondes, et je n'ai fait que m'excuser.

— Et alors ?

— Et alors ? Et alors je suis un psychopathe si je me dis que je l'aime alors que je la connais pas.

— Mais tu veux pas essayer d'y croire, pour changer ? Elle t'a fait quelque chose quand même, on est d'accord là-dessus ? Une heure que tu penses à cette fille à qui t'as parlé trente secondes…

Il était quinze heures passées, j'ai décidé de décommander mon rendez-vous avec le psy. Il ne me semblait plus nécessaire de me plaindre à un professionnel de ma petite existence terne. Il me répondit que c'était dommage, que je paierais la séance malgré mon absence, et que l'on se rappellerait pour fixer une nouvelle date la semaine prochaine. J'ai quitté la terrasse. Le ciel se découvrait légèrement, un soleil d'hiver pâle et prometteur. Dans le haut de la rue de Belleville, la partie commerçante de Jourdain, on installait les décorations de Noël. Les gens fourmillaient, se souriaient, demandaient des nouvelles des uns et des autres, une ambiance bon enfant.

— Pas comme moi !

— Tais-toi un peu… Tu me fatigues.

— Tu la cherches, hein ?

— Non. De quoi tu parles ?

— Si, tu t'en rends même pas compte mais tu ne regardes jamais personne en général, je veux dire, tu regardes pas les gens, c'est toujours très vite, juste comme ça, un petit coup d'œil, alors que là, tu dévisages toutes les femmes.

— Y a rien de mal à regarder les gens ! Bordel ! Bobby, tu m'emmerdes ! j'ai dit le plus bas possible en serrant les dents.

C'est vrai que le souvenir de cette fille me hantait, et que je devais inconsciemment la chercher parmi la foule. Bobby avait raison comme souvent, mais je ne voulais pas de lui comme guide de conscience.

Pour une fois qu'être seul avec un souvenir m'apportait du plaisir.

Je me repassai l'épisode du café plusieurs fois.

Elle était tellement belle, j'avais croisé son regard un tiers de seconde avant de baisser le mien mais elle m'avait souri, elle avait pris la peine de tirer ses lèvres gercées de beauté, et moi j'avais dû tordre la bouche tout en me rongeant l'ongle du pouce pour trouver la force de lui répondre. Cette foutue gêne, cette maladresse à la con… Je me repassais la scène en boucle, je revoyais ses doigts si fins inscrire les lettres dans les petites cases, ses poignets gracieux, son cou découvert qui semblait appeler le vent, ses joues rosies par le froid et ses yeux profonds dont la couleur m'échappait encore car j'avais été trop timide pour les regarder vraiment.

Je repensai aussi plusieurs fois à son manque de réaction lorsque j'avais renversé mon café. En début de soirée, l'idée m'obsédait encore et comme je manquais terriblement de réponses, je consultai Internet.

Je commençai ma recherche par : « Peut-on totalement ignorer une brûlure ? »

J'étais rempli de doute quant à ce qui s'était vraiment passé cet après-midi. Mes recherches s'avérèrent peu fructueuses. Les premiers sites proposaient surtout des soins, expliquaient les différents degrés de brûlure, proposaient des offres promotionnelles pour de la Biafine et autres crèmes à l'aloe vera. Page quatre, des forums masochistes et des vidéos de yogi marchant sur des braises, page cinq, un lien YouTube titré « Il ne craint pas le feu » donnant accès à une vidéo où un jeune lycéen ivre mort s'amusait à tremper sa main dans de l'essence avant de l'immoler, en riant.

Je changeai les mots-clés dans le moteur de recherche et tapai « Perte de sensation ». Le premier article parlait de l'« hypoesthésie », un trouble apparaissant avec l'âge ou à la suite d'un AVC qui pouvait entraîner une diminution du sens du toucher. Ça ne collait pas, elle était trop jeune. Les sites suivants parlaient d'engourdissement, et de quelques affections qui pouvaient provoquer une perte de sensation dans différentes parties du corps. Elle m'avait l'air d'être en parfaite santé, et rien ne correspondait vraiment. Après une demi-heure à lire des articles déprimants, j'abandonnai et me servis un grand verre d'alcool blanc.

CHAPITRE 4

Jacquot mon poto

Depuis cette rencontre, je ne voyais plus Marjolaine. Elle m'avait envoyé un texto mais je n'y avais pas répondu. J'avais été heureux qu'elle pense à moi mais je ne voulais personne d'autre que mon insensible de la cuisse, ma buveuse d'anis, celle qui en cinq minutes avait créé en moi une obsession qui durait depuis déjà une semaine.

Je n'avais pas rappelé le psy non plus, lui avait essayé et laissé deux messages que j'avais supprimés sans les écouter en appuyant frénétiquement sur la touche 3 de mon téléphone.

Il ne me semblait plus nécessaire d'aller chialer devant un professionnel, je m'étais persuadé qu'elle était la solution.

Dès le réveil, dans les vapes matinales d'une infinie gueule de bois, je pensais à elle et j'avais tout de suite moins mal, la nausée disparaissait. Même Bobby était moins amer, plus encourageant, j'acceptais de rêver avec lui. On s'imaginait avec elle, des projections à n'en plus finir, des voyages en Espagne, elle dans les plis des draps défaits du réveil, des trajets en voiture avec de la vieille country, elle fumant, ses pieds nus croisés sur le rebord de la fenêtre... Hélas la réalité finissait toujours par nous rattraper et nous tombions fatalement de notre nuage, sans parachute, directement dans une bouteille de gin bleu ciel.

Tenter de la retrouver était devenu mon activité principale, l'obligation de ma journée, et le simple fait de devoir aller quelque part me faisait me sentir plus vivant.

Ainsi, tous les jours, je pointais au bar où je l'avais vue pour la première fois en espérant qu'elle y revienne. Bobby apparaissait systématiquement après quelques verres, et j'apprenais chaque jour un peu mieux à l'ignorer en public.

Le bar était tenu par Jacques, le patron, la gueule d'un malfrat corse, ridée, encadrée par de longs cheveux gris, et, sous son énorme nez crevassé, une moustache blanche étincelante qui devait lui prendre la moitié du visage. Deux mètres, une centaine de kilos et des tatouages verts aux contours incertains. Il approchait peut-être de sa septième décennie mais il aurait pu envoyer valdinguer d'une claque la grande majorité des connards sur cette Terre, si ce n'est que c'était un amour. Son rade s'appelait Le Cargo. Il devait y avoir une vingtaine de tables, et surtout ce vieux comptoir, en bois solide, avec un contour en zinc, blanchi à certains endroits par le temps, les levers de coude et toutes les mains baguées qui avaient dû taper dessus deux fois en guise d'au revoir. Je n'y étais pas souvent, je préférais ma petite table près du radiateur et face à la porte-fenêtre, d'où je pouvais observer les passants. Dessus, quelqu'un avait gravé une petite ancre et un cœur entourant deux lettres. Je m'y étais assis la première fois par hasard, et depuis je ne l'avais plus quittée. Un matin, ma table n'était plus contre le radiateur, Jacques avait dû la déplacer pour nettoyer le sol. Je parcourus une à une les autres tables pour retrouver celle avec les gravures. Elle était au fond de la salle, avec une mauvaise vue et loin du radiateur. J'hésitai entre ma table gravée et celle sans histoire mais plus proche du chauffage. Un élan de superstition me fit choisir les gravures.

— T'es complètement taré, mon pauvre ami.

— Eh… Non mais ouais, enfin… J'aime bien cette table-là. Je sais que ça peut sembler un peu fou mais c'est surtout que j'y suis bien.

Il m'a regardé d'un air suspicieux en faisant rebiquer sa longue moustache blanche qui devait être aussi vieille que moi.

— Qu'est-ce qu'elle a, cette table ?

— Tu vas me prendre pour un malade…

— Oh c'est déjà fait, faut être fêlé pour venir tous les jours au même bistrot et boire autant tout seul, à ton âge.

Je ne répondais rien alors il a repris :

— Tu sais, c'est un vieux bar de quartier, ici, j'ai une vieille clientèle, pas forcément les plus joyeux du monde, mais bon, ils font partie des meubles maintenant. Mais toi je comprends pas pourquoi tu passes tes journées ici, à la même table, et j'ai rien contre toi, à part que tu me rends tristoune, regarde-toi, t'as pas l'âge pour ces conneries.

— Désolé, je me casse si tu veux ?

— Non, non, excuse-moi l'ami, c'est pas ce que je voulais dire, je voulais que tu m'expliques pourquoi tu viens, à force de pas savoir j'imagine tout et n'importe quoi.

— J'ai rencontré une fille ici, enfin en terrasse, il y a quatre semaines. C'était pas à cette table, mais j'aime particulièrement celle-là, parce que dans le cœur gravé, y a la première lettre de mon prénom, du coup, je me dis que c'est sûrement un signe, et que la deuxième lettre c'est peut-être celle de son prénom aussi, et l'ancre, c'est le signe qu'il faut que je m'accroche. C'est niais, je sais, mais je m'y suis habitué.

— Donc t'attends une fille ? Ok, ça me rassure… Y en a pas beaucoup qui viennent ici, tu sais. Y a quatre semaines, tu dis ? C'était mon beau-frère qui me remplaçait, je peux même pas voir de qui tu parles. Elle ressemblait à quoi ?

— Elle était sublime.

Il a marqué un temps, il tripotait toujours sa moustache, puis il m'a dit : « Bon allez viens, tu vas m'aider à remettre la table là où t'aimes bien, la gueule que t'as tirée quand tu t'es assis… »

On est allés chercher ma table, il n'avait clairement pas besoin de moi, sa seule force suffisait, avec le pied en fonte elle devait peser facile trente kilos. Il ne semblait même pas faire d'effort, et moi je portais du vent, on l'a calé près du radiateur.

— Je suis personne pour juger qui que ce soit, mais ça me fait de la peine de te voir te saouler ici… Tu veux retrouver cette fille ? D'accord, mais fais gaffe un peu, t'enchaînes vite les verres et on dirait même pas que ça t'atteint, vas-y mollo, ok ?

J'ai acquiescé d'un signe de tête, ému, en pinçant les lèvres pour garder une certaine dignité parce que j'allais chialer. D'un instant à l'autre, j'ai aimé ce mec, tout le bonhomme, en entier, son sourire, sa panse gonflée sous son tablier vert, ses yeux bleus pétillants, et ses mains, ses putain de mains de géant. Il aurait pu attraper le crâne de Bobby avec juste une seule…

Je ne m'étais pas braqué, je l'avais entendu et j'avais accepté. Je n'avais aucune envie de faire de la peine à cet homme qui avait pris le temps de déplacer sa table pour satisfaire ma lubie. Il m'avait touché.

Les jours suivants, on a appris à se connaître. C'était un phénomène, le Jacques, il en avait des histoires. Né pas loin de Sintra sous Salazar, sa famille avait quitté le Portugal en soixante-quatre, grâce à un oncle de son père qui les avait accueillis dans sa petite maison à Villejuif.

À dix-huit ans, il s'était engagé dans la marine marchande avec l'envie de voir le monde. Il avait voyagé partout, « sur toutes les mers de cette Terre », comme il aimait le dire. Puis, vers ses quarante ans, avec une bonne solde et un crédit à la banque, il avait acheté ce bar, dans l'espoir de se poser un peu et de rencontrer une femme.

Elle était arrivée un matin pour lui déposer son courrier, la première femme postière de Paris, qu'il disait (ce qui était sûrement faux), et il ne l'avait pas lâchée. Tous les matins pendant un mois, il lui faisait du charme, lui offrait café et croissants, qu'elle ait une lettre pour lui ou non, il se pliait en quatre pour qu'elle passe un peu de temps avec lui. Durant ces quinze minutes de bonheur matinal, il arrêtait tout, les bons clients savaient qu'il était inutile d'attendre leur commande et se servaient eux-mêmes, encaissant leur dû et servant ceux qui n'étaient pas habitués. À la fin de son récit, il m'avait dit : « C'est pas pour faire le vieux con mais c'était plus simple avant, tu sais. »

II

Je venais tous les jours mais elle pas. Je l'attendais, en buvant le moins possible pour ne pas contrarier Jacques, mais au bout d'un mois, j'ai cessé d'y croire. Au même moment, j'ai croisé Laura un soir, en rentrant chez moi. En la voyant, j'ai immédiatement pensé à toutes les fois où l'on cherche désespérément quelque chose pour en retrouver une autre, perdue depuis plus longtemps et qu'on avait oubliée. On aimerait se réjouir mais ce n'est plus ce qu'on recherche, alors on s'en moque. Je me suis immédiatement dit : « Tiens, ça marche pour les femmes aussi. » Sur quoi Bobby s'est indigné et m'a dit que c'était pas comparable.

— Quoi ? j'ai dit.

— Les femmes et les objets.

— C'est toi qui le dis.

— N'importe quoi ! C'est toi !

Laura n'a pas remarqué Bobby et on s'est dit bonjour, un peu gênés. Elle m'a dit poliment que j'avais l'air en forme, j'ai trouvé que c'était hypocrite et j'ai répondu sans réfléchir, avec la même hypocrisie, qu'elle aussi. Puis elle est partie de son côté, moi du mien, sauf que son côté, c'était aussi le mien, alors j'ai attendu qu'elle s'éloigne. En trouvant étrange qu'on puisse un jour partager un lit avec quelqu'un et, quelques années après, ne même plus supporter de partager un bout de trottoir. En rentrant chez moi, j'ai bu, plus que d'habitude, Bobby ne la ramenait pas trop quand j'étais vraiment dans le mal. Il s'est mis à dessiner, rien de représentatif, des grands va-et-vient au crayon marron, son exutoire préféré.

J'ai tout fait pour ne pas reprendre le chemin de pensées qui me ferait entrer dans une énième crise existentielle dont le seul aboutissement serait la dépréciation totale de ma personne.

Je n'ai pas pu, j'ai fini le bourbon, mis un vinyle de Nick Drake et j'ai ouvert une nouvelle bouteille de rhum.

— T'es pas sympa.

Il avait levé la tête de ses feuilles, de son regard le plus sérieux possible il me fixait. Quand j'étais vraiment au fond, il devenait plus mature, il devenait l'adulte en quelque sorte. Je me souviens précisément de cette soirée malgré mon taux d'éthanol digne d'un Kosovar fêtant une sortie de goulag, car elle mène quelque part.

— Hmm…

— Non ! Pas « hmm… », c'est toujours la même chose, t'en as pas marre ? Toi qui es triste, moi fâché…

— Hmm…

— Faut qu'on la retrouve ! Elle est pas revenue au bar, ok d'accord. Mais y a mieux comme plan pour retrouver quelqu'un que passer toutes tes aprèms au bistro, pendant un mois, à boire, en regardant les passants et en jouant sur ton téléphone.

— Je pensais qu'elle pouvait être une habituée… et, et, et j'ai débloqué l'hôtel de ville onze sur Clash of Clans donc c'est pas complètement perdu non plus.

— Sérieusement, une fille comme elle, habituée dans ce bar-là ?

— Tu sais pas, c'est peut-être pas une super habituée, peut-être qu'elle y va seulement une fois par semaine ou par mois, j'en sais rien.

— Oui bon, c'est pas le cas. Tu peux passer à autre chose ? Une autre tactique pour la retrouver ?

— Comme ?

— Si elle est du quartier, je pense qu'on a une chance de la recroiser. On n'a qu'à aller aux Buttes-Chaumont ! Si elle habite dans le coin, elle y va forcément, si elle court par exemple ? Presque toutes les filles de ton âge font du jogging, non ?

— J'avoue.

Je me suis demandé à quel point j'étais bourré, je me suis levé, rien ne tournait, une certaine fatigue dans les jambes, mais c'était convenable. J'ai bu la dernière gorgée de rhum au fond de la bouteille comme on attrape un plastique sur le point de s'envoler et je suis sorti. Il n'y avait presque personne dans les rues, le soleil se découvrait lentement. J'ai marché, impossible de savoir combien de temps, sans aller nulle part, les Buttes n'étaient pas encore ouvertes, alors j'ai continué mon chemin au hasard, les paroles de Nick Drake en tête, je n'avais même pas l'impression de fatiguer. Bientôt les premiers écoliers accompagnés de leurs parents sortaient des boulangeries, croissants à la main, des hommes en costard sérieux trimballaient leurs attachés-cases, ils faisaient de grands pas, le dos toujours bien droit. Ils me semblaient bizarres mais nous n'appartenions pas au même monde. Bobby marchait à côté de moi, il regardait les cartables des enfants à l'effigie de différents héros Marvel et les commentait.

— Pas mal le Spiderman… Iron Man il est trop nazebroque… Celui-là tout le monde l'a.

— Bobby, je disais vraiment nazebroque ? Plus personne dit ça aujourd'hui…

— Ouais, naze, ou nazebroque, c'est quand on le pense vraiment.

— Attends, je vais m'arrêter à l'épicerie, prendre une petite bière.

Mes souvenirs se gâtent après ça. J'avais atteint mes limites juste avant de coller ma bouche au goulot de cette bouteille verte, mais je l'ai descendue en trois gorgées. Ensuite, on a continué à déambuler sans direction particulière, on parlait moins, parce que j'étais vraiment concentré sur le fait de marcher droit. Quand j'ai eu besoin de faire une pause, Bobby s'est précipité dans un square qui m'avait l'air sympathique. Il comptait deux tables de ping-pong, un toboggan jaune avec plusieurs accès ; un cordage, des escaliers, ainsi qu'une rampe de strip-teaseuse ou de pompier, selon l'enfant que tu étais. Je me suis allongé sur un des quatre bancs, en utilisant mon bras comme oreiller, tandis que Bobby dansait autour de la barre verticale.

Il y avait une façade d'immeuble, face à moi, attenante au square.

Je n'y ai pas tout de suite cru. Je suis un mec plutôt poétique, dans le sens où je veux bien croire aux coïncidences, mais les probabilités étaient trop dingues pour l'accepter immédiatement. J'avoue avoir cligné des yeux quelques fois, pour être bien sûr de moi. Puis je me suis rendu à l'évidence : elle était là. C'était bien elle, derrière la troisième fenêtre en partant de la gauche au premier étage.

Elle fumait une clope, en débardeur, alors qu'on avoisinait les moins trois degrés ; un vaporisateur dans une main, elle aspergeait ses plantes.

Mon cœur s'est mis à battre d'un coup, des méchantes palpitations, j'étais déjà à un grammage d'éthanol insensé, et je n'avais pas mangé depuis douze heures, facile, ni dormi non plus… Mon corps ne fut pas à la hauteur de mon excitation. J'ai voulu courir pour retrouver l'entrée de son immeuble, mais ma tête pesait une tonne, tout comme mes jambes, et au bout de trois mètres, une sueur froide m'a envahi. Avant d'arriver à la sortie du square je suis tombé sec, et raide comme un mort.

CHAPITRE 5

Sursis sans conséquence

C'est une mère avec une poussette qui m'a retrouvé gisant, la gueule dans le sable. Après m'avoir mis en position latérale de sécurité, elle a appelé les urgences puis a attendu près de moi leur arrivée. Je me suis réveillé dans une chambre d'hôpital, dans l'une de leurs robes bleu clair qui s'attachent dans le dos, avec, au poignet, un bracelet en plastique que je n'avais pas la force d'arracher.

J'ai cherché d'un demi-œil ouvert mes fringues mais elles n'y étaient pas. Bobby non plus.

Quatre néons éclairaient la pièce, mon voisin, qu'on aurait juré mort sous cette lumière dépressive, restait parfaitement inerte, je regardais ses draps statiques, aucun pli, aucun mouvement ne témoignait de sa respiration.

Plus je reprenais mes esprits, plus la souffrance s'aiguisait, ma tête devenait un champ de bataille, la moindre réflexion me coûtait physiquement, et dès que j'ouvrais grand les yeux, la douleur doublait brutalement ; un mal lourd, comme si j'avais porté un casque d'une tonne me comprimant la tête jusqu'à l'écraser entièrement. Des courbatures assiégeaient la plupart de mes muscles. J'ai mis une dizaine de minutes à m'asseoir sur mon lit, une nausée vertigineuse m'a recouché. Allongé sur le côté gauche, j'avais des spasmes, et sur la droite, côté foie, je n'ai pas voulu essayer. Je restai sur le dos.

Autour de moi, quelques appareils électroniques aux bips trop aigus, une poche d'eau salée en intraveineuse, presque vide, et bientôt cette espèce de parfait médecin blond.

— Bonjour monsieur, vous êtes ici depuis… sept heures désormais, vous avez fait un coma éthylique, vous savez ce que c'est ?

— Oui.

— C'est la première fois que ça vous arrive ?

— Oui.

— Alors, laissez-moi vous expliquer, nous avons fait une échographie de votre foie, et nous avons prélevé par ponction-biopsie un fragment de votre parenchyme hépatique, les analyses ont permis d'établir un diagnostic sûr. Vous avez fait une intoxication alcoolique, qu'on appelle aussi stéatose, et qui touche donc votre foie. Autant vous le dire tout de suite, si vous continuez à ce rythme, dans quelques mois, c'est la cirrhose, et alors là ça se complique sérieusement, hospitalisation, méthadone, régime alimentaire strict, et un foie bousillé pour plusieurs années, et même lésé à vie. Il faut que vous arrêtiez de boire, aujourd'hui, maintenant, mais cela, personne ne peut vous forcer à le faire, ça ne dépend que de vous. Si vous pensez ne pas en être capable tout seul, je vous conseille fortement de vous faire aider, il y a des instituts spécialisés qui ont des résultats très encourageants, la plupart sont pris en charge par les mutuelles. J'ai avec moi quelques brochures que je vous laisse... Vous êtes encore jeune, rien n'est irréversible dans votre situation, mais il faut changer de mode de vie, et au plus vite, je suis très sérieux. Est-ce que vous avez tout compris ? Est-ce que vous avez des questions ?

Le type avait parlé si vite que j'en avais une nouvelle nausée.

— J'ai compris, non, pas de questions.

— Voulez-vous que je prévienne quelqu'un de votre famille, qui pourrait venir vous chercher ?

— Non, non, sûrement pas. Ça ira, je peux partir maintenant ?

— Oui, si vous en avez la force, mais je vous conseillerais d'attendre la fin de votre perfusion, vous êtes encore en convalescence.

— Je préfère y aller.

— Très bien, je vous le disais, personne ne pourra vous forcer...

Il a ôté la perfusion de mon artère, et j'ai cherché mes vêtements que je ne voyais toujours pas.

— Mes habits ?

— Ah, attendez.

Il a appelé une infirmière.

— Bonne journée monsieur, pensez bien à ce que je vous ai dit, plus vous attendez, plus les conséquences seront graves.

— D'accord, merci.

Sur l'une des brochures, on voyait un grand bâtiment blanc avec des poutres et un jardin parfaitement symétrique qui devait symboliser la guérison, la force morale et la discipline.

Ils me répétaient tous la même chose, « trop jeune pour boire autant, trop jeune pour laisser tomber... », les vieux amis, le psy, Marjo, Bobby, Jacques, et maintenant ce joli toubib...

Une infirmière m'a apporté mon jean noir, ma chemise et mes bottines. J'ai signé une décharge à l'accueil avant de passer la porte automatique. La pluie m'est tombée dessus trois secondes après. J'ai levé la main en l'air et je suis monté dans un taxi. Le chauffeur n'a pas dit un mot, seulement un signe de tête après avoir entendu mon adresse. En arrivant chez moi, j'ai fait tout mon possible pour reculer mon premier verre. Je commençais à avoir la tremblote, j'étais tendu, deux grosses boules de nerfs me servaient d'épaules, en résultait des bras rigides et donc des mains sur lesquelles je n'avais presque plus de contrôle.

Le moindre bruit me donnait des envies de meurtre, bien entendu je ne faisais que me répéter en boucle les mots du docteur, « intoxication alcoolique », « stéatose », « instituts spécialisés ». J'ai commencé par une bière. À l'instant où le liquide gazeux chargé de ses quatre degrés cinq est descendu au fond de ma gorge, mon corps entier s'est apaisé, et pour la première fois depuis que j'avais perdu connaissance, je me suis rappelé que je l'avais retrouvée.

— Tu te rends compte ? Le jour où on décide de faire mieux que rester au bar, et de la chercher vraiment, on la trouve. C'est le destin.

Bobby venait de réapparaître. Au moins ça, ça ne changeait pas.

— Je crois pas en cette farce, Bob.

— Comment t'appelles ça, alors ?

— La chance, mon petit Bob, j'appelle ça la chance. Mais j'en ai toujours eu beaucoup, dès la naissance.

— Oh non, pas ça, tu vas pas refaire le coup du bourgeois qui mérite pas…

— Mais c'est la réalité, Bobby, toute cette chance, je n'ai aucune légitimité à souffrir…

— Mais, là, y a pas à souffrir là, t'es chiant à la fin ! Tu l'as retrouvée !

— Tu crois que c'était chez elle ?

— Bah oui.

— Ça pourrait être chez un ami à elle ?

— Bah non.

— Pourquoi pas ?

— Parce qu'elle arrosait des plantes.

— Elle pouvait peut-être arroser les plantes d'un ami, de son mec ?

— Oh arrête, tu commences déjà à chercher des excuses pour pas aller au bout… Et puis non, pas possible, avec le truc pschitt-pschitt pour les plantes ? C'étaient ses plantes à elle, j'en suis sûr, si t'arroses les plantes d'un ami, bah, tu mets un verre d'eau vite fait. C'était chez elle, je te dis, elle était habillée comme si elle était chez elle et tout.

— C'est vrai qu'on aurait pu être espions.

— Je te l'avais dit.

CHAPITRE 6

La pongiste et moi l'éponge

Deux jours plus tard, je suis retourné dans ce fameux petit square. Je ne me souvenais plus précisément où il se situait, alors j'ai erré un peu autour avant de le retrouver. La journée s'y prêtait, bien que froide, le soleil était de sortie. En poussant la petite barrière verte de l'entrée, et en me rendant jusqu'au banc où je m'étais assis la première fois, j'ai commencé à sentir monter l'angoisse. Je regardais sa fenêtre avec la peur et l'envie qu'elle s'ouvre, qu'elle y soit, et en même temps je m'imaginais le pire : elle l'ouvrirait, puis quelques secondes plus tard un homme viendrait dans son dos, l'enlacerait tendrement, elle poserait sa tête délicate sur ses avant-bras, et c'en serait fini de mes rêves… Je pensais à Bobby, j'aurais aimé qu'il soit avec moi pour une fois, il m'aurait donné un peu de courage. J'ai essayé de l'appeler mais sans l'ivresse, pas facile, j'ai même fait une invocation en pensant fort à sa vilaine bouille d'enfant gâté, mais rien. J'ai failli quitter le parc plusieurs fois, pensant que ça me calmerait, ou qu'il émergerait peut-être du fond de ma pensée pour me venir en aide.

Je réalisai en même temps que j'avais créé une étrange dépendance affective à l'égard de ce petit moi qui d'habitude me suivait partout... Je décidai finalement de ne pas quitter mon banc. Je devais m'en sortir sans lui, ce qui le rendrait sûrement fier. Mon imagination plus fataliste que jamais partait dans tous les sens. Je me voyais trouver l'entrée de son immeuble, l'attendre en bas jusqu'à ce qu'elle en sorte, la voir et l'interpeller pour lui rappeler notre rencontre, et là, elle me jette juste un regard sans même tourner la tête, elle n'a aucun souvenir de moi, elle continue son chemin en m'ignorant.

J'en étais au sixième scénario d'échec quand elle est entrée dans le parc, accompagnée d'un homme. Elle ne m'avait pas vu, et j'ai failli partir sauf qu'une curiosité sadique m'a fait me tenir bien assis, sur mon banc. Arrivés au niveau de la table de ping-pong, l'homme a sorti de son sac à dos deux raquettes, quelques balles, et ils se sont mis à jouer.

Elle était encore plus sublime que dans mon souvenir. Une intense concentration se lisait sur son visage, elle se balançait sur ses pieds, les genoux en suspension, elle avait un sacré revers, sec et sans effet, elle réussissait à casser son poignet dans d'étranges angles pour rapidement envoyer la balle sur les rebords de la table, PONG. Le mec avec qui elle jouait était bien plus vieux qu'elle, cheveux grisonnants coiffés en arrière, barbe de quelques jours, veste en velours et jean noir, il jouait bien lui aussi, PING. Elle était encore habillée légèrement, les jambes et les épaules dévêtues, PONG ! Et maîtrisait parfaitement les distances, balles courtes, balles longues, à chaque fois qu'elle faisait courir son adversaire, un léger sourire de fierté se dessinait au coin de sa bouche, elle survolait la table, PING ! Le mec n'était pas mauvais non plus, ils avaient un peu le même style de jeu, si ce n'est qu'elle magnifiait chaque mouvement de sa grâce alors que lui cherchait surtout l'efficacité, le plus court chemin vers la réussite, PONG ! Elle menait 18 à 16, sur son dernier service, quand elle a dit « Tu vas voir ce que tu vas voir, vieux schnock » et que j'ai compris qu'en face d'elle, c'était sûrement son père et non un amant, je suis alors passé d'une extrême jalousie à une série de projections incontrôlables, on dîne tous les trois ensemble, et je leur raconte mes meilleures blagues, son père rit fort et me tape dans le dos en me trouvant formidable, on pêche la truite dans des ruisseaux alpestres, au moment d'en sortir une énorme avec le filet elle tombe à l'eau et, en essayant de la rattraper, je tombe aussi et on rit encore tous ensemble, on se marie dans une forêt, et nos deux pères sont les meilleurs amis du monde, à notre mariage il y a même une table de ping-pong pour qu'on puisse jouer tous les quatre, en double.

Quand je suis sorti de mes fantasmes absurdes, j'ai compris qu'ils jouaient la dernière balle du match, et qu'elle menait de deux points. Il servait. Elle a renvoyé le service croisé long de ligne, d'une balle courbée surprenante, son père s'est retrouvé pris à contre-pied, il l'a mal renvoyée, la touchant à peine du bout de sa raquette. Il signait le début de sa défaite. Elle a pris son temps, ses yeux ont suivi la balle descendante, et PONG ! Smash expéditif, 20-19, balle de match, dernier service pour lui. Sous la pression, il rate son premier, un net classique. Son deuxième service s'avère concluant. Démarre alors un échange de deux minutes, où aucun des deux n'ose vraiment attaquer, ils ne prennent aucun risque, les échanges sont moins impressionnants mais la tension du match se sent, même de là où je me trouve. Cent ping et cent un pong plus tard, son père touche le filet, la balle retombe dans son camp. Elle lève alors les bras au ciel en signe de victoire, et court vers lui pour l'embrasser, PING. Mon cœur reste à l'arrêt. PONG.

À la fin, il a embrassé son front joli, alors qu'elle tassait une clope, ils sont restés une minute debout à discuter, de temps en temps il lui attrapait sa cigarette au bec, tirait une taffe et la lui rendait aussi sec.

Ce que j'aurais aimé pouvoir entendre ce qu'ils se disaient… J'avais beau tendre l'oreille le plus possible, je ne captais rien. À un moment, sans crier gare, celui que je supposais être son père s'est mis à faire de grands gestes, tout en grimaçant et en imitant le cri d'un animal. De là où je me trouvais, j'aurais dit qu'il mimait un singe… Elle s'est mise à rire, l'expression de toute son innocence et de sa légèreté condensée en un court instant. Quelques secondes où il n'y avait plus qu'elle. Tout le square en suspens. Les oiseaux couineurs s'étaient tus, les moteurs des voitures ne faisaient plus aucun bruit… C'était un rire libre, bondissant sur le sable, descendant à toboggan, smashant les tables et les bancs.

Son père est parti, elle est restée assise sur la table. J'ai eu envie d'aller la voir et de lui proposer de jouer contre moi mais je n'osais pas, même si j'attendais ce moment depuis longtemps. Cette journée était déjà pour moi une complète réussite, la revoir m'avait suffi. J'avais aussi franchement peur. Je me suis toutefois imaginé plusieurs fois l'aborder et les différentes réactions qu'elle pourrait avoir face à ma proposition, refus, mépris, moquerie.

— Hey, dis, tu sais jouer ?

Elle avait crié ça en me pointant du doigt et en agitant sa raquette de droite à gauche.

J'ai mis quelques secondes avant de comprendre et accepter qu'elle me désignait. Je suis resté immobile, j'ai pointé mon pouce vers ma poitrine sans rien dire, pour être vraiment certain que c'était bien avec moi qu'elle voulait jouer. Elle a hoché la tête. J'ai été atteint d'une soudaine paralysie. J'ai regardé derrière moi, il n'y avait personne. Je n'étais pas prêt. Je refusais de croire à la situation, je me répétais : « T'es sûr que c'est de toi qu'elle parle, là ? »

Prenant finalement mon courage à deux mains, je me suis approché de la table. J'avais l'impression qu'une foule m'observait marcher alors qu'il devait y avoir seulement quelques personnes dans le parc, et aucune ne faisait attention à moi. Elle, bien entendu, j'osais à peine la regarder, j'avais peur à chaque pas de me casser la gueule, je me sentais comme un mannequin sur un podium, en plus moche. Sur ce trajet d'une vingtaine de mètres, mon cerveau fusait pour me permettre de placer un pied devant l'autre, ne pas céder à la panique, contenir la peur à tout prix. Je devais penser à mes respirations, j'appréhendais qu'aucun son ne puisse sortir de ma bouche une fois devant elle… J'établissais en même temps un plan, je ne devais pas essayer de faire bonne impression, ni aucune impression. Rester naturel, moi-même, était un trop gros risque à prendre. Il me fallait jouer un semblant de nonchalance sans pour autant être méprisant. Simple, sois simple, me répétais-je.

On s'est salués et je l'ai avertie :

— On peut jouer mais ça fait longtemps que j'ai pas joué, hein… et je suis mauvais sur les tables en béton, avec le filet qui ne se plie pas, tout ça.

À la fin de ma phrase je me maudissais de me déprécier déjà, je puais le manque de confiance.

— Tu cherches déjà des excuses ? Tiens, prends cette raquette.

— Merci.

— En 21, on est bien d'accord ?

— Cinq services chacun ?

— Balle de trois ?

— Petit échauffement avant, s'il te plaît.

— Bien sûr, elle a dit doucement.

J'ai réussi à vite rentrer dans le match, c'était plus simple de se concentrer sur le jeu que sur l'image que je devais donner de moi. J'essayais de placer mes balles au mieux, je cherchais les extrémités mais sans trop pousser, je voulais retrouver une certaine aisance avant d'appuyer mes coups. Pendant tout l'échauffement, elle refusa de déployer ses réelles capacités. Elle avait une attitude détendue et relâchée, mimant parfois un peu l'ennui, tout l'inverse de ce que j'avais pu observer d'elle face à son père. Avoir une stratégie dès l'échauffement voulait tout dire. Elle ne pensait qu'à la victoire.

J'étais terriblement concentré, j'avais l'impression de jouer mon futur sur cette partie, je me disais que si je voulais la revoir je devais impérativement gagner. Ma défaite signifiait sa disparition.

— Balance la balle de trois, j'y suis.

II

J'ai gagné la première partie mais elle a remporté la revanche ; je n'avais pas voulu la laisser gagner la deuxième mais une partie de moi désirait perdre pour qu'on puisse rester plus longtemps ensemble. Ce qui arriva. Le troisième match, la belle trop belle pour y croire, nous opposa une dernière fois. Je ne faisais plus attention à elle, mon attention rivée sur le jeu, j'oubliais sa beauté, son style minutieux, je voulais être victorieux.

Dès que je la regardais, pour la voir replacer une mèche derrière ses oreilles par exemple, mon imagination repartait au galop ; elle était soudainement dans mes draps, un matin. Je la réveillais doucement, d'un doigt j'écartais, à mon tour, sa chevelure pour observer son visage endormi… Malgré mes divagations j'ai réussi à gagner la dernière, 22-20. Elle a grimacé sur le coup. À la fin du match, dès que la dernière balle est sortie, j'ai posé ma raquette sur la table par peur de la lui rendre en main propre et je suis parti. J'ai lancé un « Faut que j'y aille », alors que je ne devais aller nulle part, et je l'ai quittée sans lui laisser le temps de me répondre. Sur le chemin du retour, j'étais partagé entre ma nullité, ma lâcheté, et la sensation d'avoir vécu le moment le plus important de ma vie…

Il existe des instants comme celui-ci, de parfaites synchronisations stellaires, qui transforment les rêves en réalité. Ils sont si rares qu'on ne peut pas être préparé lorsqu'ils ont lieu. Il faut alors savoir saisir sa chance dans l'instant. Quand les étoiles s'alignent, il faut garder les pieds sur terre.

— Tu peux te trouver de belles excuses autant que tu veux mais t'as encore chié dans ton froc.

— J'étais pas prêt. Ça m'a surpris, c'est allé si vite.

— Mais t'as presque trente ans, t'es pas capable de parler à une fille, c'est pas compliqué quand même… Même moi je le fais à la récré.

— Attends, hé, ho, c'est pas n'importe quelle femme non plus, je peux parler à plein de femmes si je veux, hein. C'est elle, j'ai du mal, c'est tout.

— Oui, t'as du mal parce qu'elle te plaît, tu sais pas draguer, quoi. Donc on va finir seul comme un naze, et on va devenir un petit vieux tout méchant qui aime personne.

— Mais non, je vais la revoir, je vais y arriver, tu verras. La prochaine fois, je serai prêt. Je pouvais pas anticiper tout ce qui vient de se passer.

— T'as intérêt.

On est rentrés dans une brasserie, typiquement parisienne, les gens parlaient fort, les serveurs allaient en marche rapide, un plateau à la main, et ne s'arrêtaient que pour hurler les commandes en cuisine. On était à une petite table de deux, avec

Bobby, une dans un coin, près d'une fenêtre. Au loin, on voyait le bout des arbres du parc, je chuchotais pour pas trop attirer l'attention. J'ai commandé une saucisse-purée et une carafe de rouge.

— Quand est-ce que j'y retourne ?

— Bah, je sais pas, dans quelques jours, mieux vaut te préparer, cette fois ! Le week-end prochain, c'est bien, non ?

— Tu m'en voudrais moins si on était ensemble, elle et moi ?

— Notre vie deviendrait plus intéressante, c'est sûr.

— On serait pas David Attenborough…

— Ni James Bond…

— Encore moins Jimmy Page…

— T'es toi, et c'est très bien.

— Toi, tais-toi !

— Non, je veux dire, tu es qui tu es, c'est très bien.

— Ah oui, merci, oui, moi c'est déjà un début.

Après avoir mangé, après l'armagnac et le café, j'ai repris un armagnac pour être bien certain que je trouvais ça écœurant, j'en ai conclu que je ne serais jamais un vrai poivrot à la française mais plutôt un alcoolique américanisé, sans goût, tant pis, un bourbon s'il vous plaît, non pas écossais, non, sale, industriel, voilà, celui-là.

La marche digestive ne s'est pas révélée aussi efficace que j'avais pu l'imaginer. Une crise de foie sans précédent m'a obligé à m'asseoir sur la première marche d'entrée d'un immeuble en pierre. Je me retenais de hurler par peur de la croiser ou qu'elle m'entende, nous n'étions qu'à quelques rues de son immeuble. Bobby voulait qu'on appelle les urgences mais j'étais contre. L'humiliation des hôpitaux et leurs conséquences me terrifiaient encore plus que ma douleur. J'ai donc tenu ainsi, une trentaine de minutes, la tête contre mes genoux, ma main droite sur mon foie. Au moment où je composais le 15 sur mon téléphone, la douleur devint plus tolérable. J'ai raccroché et suis monté dans un bus. J'avais eu chaud, je mettais ça sur le compte de l'armagnac, mon pauvre corps, je me suis surpris à lui parler comme je le faisais avec Bobby mais je me suis vite arrêté, je n'avais pas les épaules pour un nouveau dédoublement.

III

Je suis retourné au parc le samedi suivant. Je l'ai attendue sur le même banc. Elle n'est pas venue, ni au parc, ni à sa fenêtre, alors j'y suis resté le dimanche entier. Je m'octroyais des pauses pour continuer mon ascension dans Clash of Clans sur mon téléphone, j'ai débloqué les niveaux huit et neuf des géants, ce qui fut un achèvement considérable. De temps en temps, je levais la tête, distrait par les gamins qui pratiquaient une pole dance franchement maladroite, ou qui remontaient le toboggan à l'envers. Je commençais d'ailleurs à m'attacher à ce petit square, j'y étais bien, l'air libre me donnait l'illusion d'être plus actif que si j'étais resté chez moi… Je devais me frotter l'œil depuis cinq minutes pour faire partir la tache blanche qui m'aveuglait, quand j'ai levé la tête et l'ai vue à sa fenêtre. Un miroir à la main, elle était en train de détourner un rayon de soleil pour me l'envoyer dans l'œil et capter mon attention. Elle est alors sortie de l'encadrure de la fenêtre pour réapparaître avec quelque chose en main, qu'elle lança et qui s'envola dans ma direction pour atterrir à une trentaine de mètres devant moi. C'était un avion en papier, je l'ai déplié et j'ai lu : « Je serais bien venue te mettre une raclée au ping-pong mais je dois garder l'enfant d'une amie et il fait sa sieste. » J'ai souri, de toutes mes dents, et j'ai essayé de mimer un « Tant pis c'est pas grave », d'un haussement d'épaules incertain. Elle est ressortie pour revenir une minute plus tard avec un nouvel avion, qu'elle a réussi à envoyer jusqu'à mes pieds. Dessus était inscrit son numéro suivi de « Appelle-moi un de ces quatre ».

Un dimanche, quatorze heures, un ciel bleu à n'en plus finir, l'air froid ; j'avais envie de chialer de bonheur à chaque inspiration. Je tenais entre mes mains le zéro six le plus important de ma vie.

Oh que oui, j'allais l'appeler. Non, mieux ! J'allais lui envoyer un message ; je suis toujours très mauvais au téléphone, surtout lorsqu'il s'agit d'une personne que je ne connais pas bien. Sans le vouloir, je parle toujours en même temps que mon correspondant, ce qui amène à chaque fois un silence pesant, où la personne au bout du fil cherche à savoir si elle doit répondre ou attendre ma réponse, l'ensemble créant des échanges confus qui me mettent terriblement mal à l'aise. Voulant bien faire, je passai la nuit à préparer le sms. Accompagné d'une nouvelle crise de foie, plus tolérable que la précédente mais mon estomac lui aussi était en crise, contracté par le stress, le tout doublé d'une migraine insensée et d'un Bobby intermittent, qui apparaissait entre deux pics de douleur pour me dire : « Regarde ce que tu te fais, même quand tout va bien, faut que tu boives. » J'avais pourtant essayé l'écriture du texto sobre, mais je trouvais tout ce que j'écrivais prétentieux, nul ou inutile. Des heures de souffrances physiques et mentales aboutirent à ce message : « Quand est-ce qu'on boit un café ? »

J'ai attendu sa réponse le plus longtemps possible, mais je me suis endormi au petit jour et réveillé vers quinze heures… Ma pongiste m'avait répondu : « C'est qui ? »

CHAPITRE 7

« Et sa beauté m'a rendu muet »

Une fois que j'eus décliné mon identité, elle accepta de me revoir, quelques jours plus tard, chez Jacques. J'arrivai avec une demi-heure d'avance. J'étais le seul à l'intérieur. Je l'ai vue au loin, d'abord attendre à un feu rouge, ensuite avancer vers le café. J'ai tenté de faire le vide pour ne pas me laisser emporter par mes émotions.

Devant moi, elle a enlevé sa veste trop légère pour la saison, et l'a mise sur le dossier de sa chaise avant de s'asseoir. On a échangé un classique « Salut, tu vas bien ? », puis elle a posé ses mains sur ma table préférée, à quelques centimètres de l'ancre qui était gravée dessus.

J'ai regardé ses doigts fins, parfaitement lisses, qui se terminaient par des ongles soignés. J'ai vite replié mes phalanges sur elles-mêmes, de peur qu'elle ne compare mes mains aux siennes ; j'avais les ongles rongés depuis toujours. Je pensai à une dizaine de débuts de conversation, mais je n'osai pas m'engager. Un silence s'installa. Je restai muet, par peur de tomber dans des banalités monstrueuses. Je n'arrivais pas à être dans le moment, elle paraissait irréelle. Je me revoyais tout seul, il y a un mois, accoudé à cette même table, à fantasmer sa présence. Combien de fois, pendant combien de temps l'avais-je imaginée en face de moi ? La réalité avait dépassé mon rêve, à un détail près, elle était assise à côté de moi, sa chaise parallèle à la mienne, comme celles de deux amis.

Elle, de son côté, ne semblait pas gênée par le silence, qu'elle était belle, même sous la lumière jaunâtre d'une lampe suspendue, même face au ciel gris.

J'ai tourné ma chaise pour la voir de trois quarts quand nos yeux se sont croisés. J'ai essayé de sourire du mieux que j'ai pu, c'est-à-dire sans trop sourire non plus. Un pincement de lèvres, auquel elle a répondu naturellement. Jacques est venu prendre nos commandes, c'était le bon moment, je sentais venir un début de tremblote.

— Qu'est-ce que je vous sers ?
— Une mauresque, s'il vous plaît.
— La même chose.

Aussi ringard que cela puisse paraître, j'aurais aimé avoir préparé des sujets de conversation. Des dizaines de questions sans intérêt me traversèrent l'esprit mais je les retins, par peur d'être banal, « tu habites où ? », « tu vis seule ? », « tu préfères les chiens ou les chats ? » et le redoutable « tu fais quoi dans la vie ? » étaient d'efficaces moyens de briser la glace, je le savais pourtant.

Le silence ne m'aidait pas à réfléchir et sa beauté m'intimidait. J'étais sur le point de me soumettre à ces préliminaires de conversation mais cette fois encore, elle fit pour moi le plus difficile, engageant la discussion avec un naturel qui m'ôta toute angoisse, stress ou désir de paraître.

— Je suis contente de te revoir, surtout parce que je tenais à te dire qu'il ne fallait pas que tu penses que t'étais bon au tennis de table.

— Bah meilleur que toi quand même.

— Voilà c'est ça, sauf que, si t'as gagné la dernière fois, c'est que je t'ai laissé gagner.

— Ah bon ?

— Oui, tu me faisais de la peine sur ton banc tout seul, alors je me suis dit : « Ah ! ça serait bien qu'il lui arrive un truc positif aujourd'hui à celui-là. Je vais le laisser croire qu'il est plus fort que moi. »

— Donc tu m'as laissé ton numéro dans le seul but de me dire ça ?

— Oui.

— Très bien, c'est dit.

— C'est dit. Mais est-ce que tu l'acceptes ?

— Heu non, bien sûr que non. T'étais à fond. Tu m'as rien laissé du tout.

— C'est que je fais très bien semblant.

— Je suis désolé, je ne te crois pas.

— Alors il va falloir refaire un match ! Que je joue avec mes pleines capacités, pour que tu saisisses.

Jacques a apporté nos consos, il faisait de vrais efforts de service, accompagnant ses gracieux mouvements d'un « Et pour la jolie demoiselle ». Pourquoi je m'étais mis autant de pression ? Elle était drôle et naturelle. Elle ne faisait pas d'efforts, elle ne faisait pas semblant. Elle m'éveillait par sa repartie et m'apaisait par son regard qu'elle ne laissait que rarement échapper. J'avais, à quelques centimètres des miens, ses yeux verts, tachetés de petits points beiges, qui se plissaient tendrement à chacun de ses sourires.

Face à son regard fixe, je ne voulais pas que le mien soit lâche.

On se regardait donc droit dans les yeux, et j'aurais voulu n'avoir qu'eux, ne voir qu'eux, ne boire qu'eux.

— Tu sais, ça va te paraître peu crédible après ta déclaration mais je te le dis quand même, moi je te jure, je t'ai laissée gagner le deuxième match. Parce que je voulais qu'on passe plus de temps ensemble.

— Je te crois pas. Si c'était vrai, pourquoi t'es parti comme un voleur après la belle ?

— Parce que je suis hyper timide.

— T'en as pas l'air, là tout de suite.

— C'est parce que, je sais pas, là avec toi, je suis bien.

Elle a rassemblé ses cheveux en chignon à l'aide d'une baguette, a attrapé son paquet de gains', et d'une voix qui m'a paru ensorceleuse, m'a demandé :

— Tu fumes ?

— Ouais, mais avant, dis-moi ton prénom, s'il te plaît.

— Non.

— Mais pourquoi ?

— Mais parce que.

— Allez quoi ! Tu m'as donné ton numéro, qu'est-ce que je vais écrire comme prénom pour t'enregistrer dans mes contacts ?

— Ce que tu veux.

— T'as un prénom moche, c'est ça ?

— Pas du tout, il est simple, original, peu porté.

— Pourquoi tu ne veux pas me le dire, alors ? À cause des réseaux ?

— Je suis sur aucun réseau.

— Ah je sais ! T'as peur qu'en me donnant ton prénom, je te donne le mien, et que là que tu te dises, non c'est pas possible comme prénom, et que ça te dégoûte ?

Elle s'est marrée franchement face à mon flagrant manque de confiance en moi.

— Quel genre de prénom pourrait être si dégoûtant ?

— Je sais pas pour un homme, Louis-Raymond, par exemple.

— Alors que Louise-Raymonde, pour une femme y a quelque chose, non ?

Cette fois ce fut à moi de rire, complètement décontenancé, ce n'était pas tant la phrase en soi, mais la façon qu'elle avait eue de la dire, en parlant vite et en tournant la tête vers moi alors qu'elle prononçait le « non ? ».

— Allez, dis-moi ton prénom !

— Non, répondit-elle, et elle se leva pour aller fumer à l'extérieur.

Dehors, une légère neige se formait, de tout petits flacons qui ne restaient pas au sol tombaient du ciel.

Cigarette à la bouche, elle continuait de converser. Sa clope gesticulait entre ses lèvres comme un acrobate enfumé, esquivant les flocons. Assez vite, la neige s'accentua, on se retrouva tous les deux collés sous le store, à l'abri. Comme lors de notre rencontre au square, je me sentis exactement là où je devais être. Près d'elle, tout prenait sens.

On est revenus à l'intérieur pour finir nos verres mais une fois rentrés, le silence s'installa à nouveau, sauf que cette fois il était presque voulu, en tout cas agréable.

Je passai un quart d'heure à la contempler. Il y avait ses petites oreilles en pointe, pleines de grâce, et surtout, cette ligne de taches de rousseur, qui passait au milieu de son nez et qui continuait de chaque côté de ses yeux, comme un trait de peinture tribale. Sa bouche, que je rêvais déjà d'embrasser, pour sentir ses lèvres, leur véritable épaisseur, leur résistance.

Elle n'avait même pas bu la moitié de son verre alors que je finissais le mien, j'ai fait un signe à Jacques mais elle m'annonça qu'elle ne devrait pas trop tarder, elle avait des cadeaux de Noël à faire. J'ai eu envie de lui proposer de l'accompagner mais je n'ai pas osé. Elle est restée un quart d'heure de plus, et puis j'ai fait une erreur, sans m'en apercevoir, je veux dire, j'ai posé une question et elle a réagi bizarrement. Elle est devenue gênée alors qu'il n'y avait pas de raison de l'être. Je venais de lui parler de la première fois qu'on s'était vus, ici, en terrasse, quelques mois auparavant. Je lui ai demandé : « Comment t'as fait pour aussi bien m'ignorer quand j'ai renversé mon café sur tes jambes ? Je veux dire, tu n'as pas réagi ? J'ai longtemps pensé que tu l'avais fait volontairement, puis je me suis dit que c'était pas possible, que forcement tu avais dû avoir une réaction, et que si tu avais voulu m'ignorer, on ne serait pas là en train de boire un verre. Alors voilà, je me demandais, qu'est-ce qui s'est passé ce jour-là ? » Elle m'a répondu qu'elle ne s'en souvenait plus, et qu'elle était vraiment en retard, et, sans aucune explication, elle a enfoui sa main dans son sac pour en sortir un billet de cinq qu'elle a mis sur la table, elle a tourné les talons plats de ses Stan Smith, et elle est sortie.

CHAPITRE 8

Sobriété hors de contrôle

Son départ soudain m'a laissé perplexe, mais je savais pertinemment que ce n'étaient pas ces dernières quinze secondes de malaise qui allaient effacer les trois quarts d'heure qu'on avait passés ensemble. Elle m'avait fait un tel effet, j'étais totalement relâché, heureux comme un adolescent, bercé de tendresse, sa voix dans ma mémoire. J'ai salué Jacques avant de partir, il avait un grand sourire, ses yeux pétillaient encore plus que d'habitude.

— Alors, c'était elle ton inconnue ? Elle est très jolie.

— J'en suis assez dingue, Jacques.

— Je pense que tu lui plais aussi, je vous ai un peu regardés, obligé, y avait personne, et je m'y connais en regards…

— Tu le penses vraiment ?

— Oui mais la prochaine fois…

— Quoi ?

— Emmène-la dans un endroit plus charmant, franchement.

Dehors, il neigeait encore, les flocons tombaient plus lourds et plus denses, le froid se faisait sentir, pourtant je bouillonnais. La gravité n'avait plus la même emprise sur moi, la joie me faisait flotter. Dans la rue, j'envoyais des baisers à l'univers. J'avais conscience de mon ridicule mais j'étais heureux de l'afficher.

Arrivé dans mon immeuble, j'ai monté les étages en faisant des tours sur moi-même à chaque palier. J'ai pris ce qui me restait de bourbon et je suis monté sur le toit, à l'aide d'une vieille échelle qui avait l'air d'avoir cent ans. Une fois là-haut, je me suis assis sur un versant. J'ai continué à boire en admirant les toits recouverts de neige, le blanc éclatant adhérait à toutes les surfaces. Quelques gorgées de plus pour qu'il se pointe, et voilà Bobby bien couvert, bonnet, écharpe, moufles, ce pantalon en velours que je détestais à son âge, et dessous des collants que je haïssais encore plus.

— Bravo ! dit-il en frottant ses mains sur ses cuisses qui le grattaient.

— Je suis tellement heureux, mon Bob, ça fait bizarre…

— Bon, maintenant faut la revoir !

— Putain t'es chiant, tu peux pas être heureux pour moi, déjà ?

— Mais je le suis, c'est juste que, tu l'as dit toi-même, t'as tendance à t'emballer…

— Mais j'étais bien, non ?

— Ouais ça allait, si on la revoit.

— En vrai t'es chiant. Je suis là, je fête ça avec toi, et t'es pas du tout content, ou fier de nous, alors que j'ai assuré.

— Tu fêterais n'importe quoi tant que ça te fait boire un coup.

— Je vais arrêter.

— Quand ?

— Quand je serai prêt.

— Est-ce que c'est pas le meilleur moment, là ? Maintenant qu'on a une chance ?

— Je sais pas, Bobby…

On est restés silencieux le temps que je finisse la bouteille. Des nuées de flocons continuaient à tomber sur les toits, Bobby dessinait des smileys du bout de sa moufle, utilisant la neige comme un tableau vierge.

Je réfléchissais à ce qu'il venait de me dire, j'avais peur et en même temps, je me sentais prêt. Plus j'y pensais, plus j'en avais envie. Je n'avais pas besoin de lister les raisons, elles étaient médicales, sociales, sentimentales, professionnelles… Je commençais à envisager les possibles effets qu'un sevrage aurait pu m'apporter, je pouvais déjà sentir un renouveau. Ce n'était pas un simple élan de volonté, cette fois, je sentais quelque chose en moi changer, un puissant sentiment qui venait de l'intérieur, comme une nouvelle foi. Je saisissais ce que me disait Bobby depuis des mois. Avoir confiance en nous.

Je suis rentré dormir, épuisé par toutes ces émotions. Je n'ai fait que rêver d'elle, avec toujours beaucoup d'alcool autour de nous. J'ai rêvé d'elle au supermarché dans les allées bière, les rayons vin, dans une piscine de sky, des jacuzzis de champagne et des bains de rhum martiniquais. J'ai rêvé de nous dans des vignes en octobre, son corps sur le mien, et le mien sur la terre grasse, humide. Des feuilles rouges éclatantes balayaient ses longs cheveux, alors qu'elle se cambrait…

Je me suis réveillé avec cette image. Je me suis dit que c'était positif, tous ces rêves, ma détermination avait déjà pris ses racines dans mon inconscient. Il se débattait comme il pouvait en m'envoyant des images de jouissance mais je ne comptais pas me laisser avoir.

Avant même de fumer, de boire un café, de manger quoi que ce soit, j'ai vidé les bouteilles que j'avais chez moi dans les chiottes. Pendant que les liquides se déversaient, j'ai ressenti comme un sursaut d'orgueil. Je me suis senti balèze. Ça a duré quelque temps, au fur et à mesure des mois et des années j'avais collecté bon nombre d'alcools imbuvables dans mes placards. Je suis descendu jeter les bouteilles dans le bac à recyclage, afin de ne laisser aucune preuve de ma vie passée, et je suis allé acheter de l'eau sous toutes ses formes, goûts ou types en m'enjaillant comme toujours de la grandeur de notre société consumériste.

Au supermarché, ils n'avaient pas lésiné sur les décos de Noël, toute une estrade en carton recouverte de paillettes argentées donnait l'ambiance ; des cadeaux, des rennes, quelques sapins en deux dimensions tapissés de coton et, clou du spectacle, sur son traîneau, un père Noël mécanique tapant dans ses mains et faisant un sympathique « Ho, ho, ho », tout ceci manquait cruellement de sobriété. J'ai acheté de l'eau en pagaille, grosses bulles, fines bulles, avec des zestes d'orange, de citron jaune, vert.

J'avais l'impression de me construire une nouvelle identité. Une fois chez moi, je plaçai les bouteilles dans le frigo avec un sentiment de toute-puissance : nouvelle vie, nouvel ordre.

J'ai commencé à tout ranger et nettoyer en me servant un délicieux verre d'eau zestée à je ne sais quel agrume. Mais bientôt, le cap fatidique des douze heures de sobriété m'a rattrapé. Je me suis mis à suer à grosses gouttes. Au début j'ai pensé que c'était l'effort du ménage, je me suis arrêté mais ça n'a fait qu'empirer. Passé la treizième heure, des migraines, d'étranges vertiges et la tremblote ont commencé. Pour ne plus avoir à trembler comme un imbécile, je me suis accroché, les doigts crispés sur les accoudoirs de mon fauteuil favori. Ma volonté me fit endurer six heures de souffrance de plus. Je me mis aussi à tousser, des quintes de toux de trois minutes que seule une clope pouvait arrêter, parce qu'en fumant je me remettais à respirer normalement...

Je n'en pouvais plus, j'ai décidé de descendre à l'épicerie m'acheter une bière, je m'accrochais à la rambarde de l'escalier tant mes jambes étaient flageolantes. J'ai mis vingt minutes à descendre, priant, à chaque marche, pour ne pas tomber, à chaque palier, pour ne pas croiser un voisin. Je ne pouvais même plus m'en vouloir de craquer, il était question de vie ou de mort, mon soudain sevrage n'était pas approprié, je le voyais, j'étais persuadé que mon cœur pouvait s'arrêter de battre à tout moment. Je suais des gouttes chaudes alors que mon corps tremblait de froid, mon T-shirt était trempé et ma chemise humide. J'avais l'impression d'être une flaque humaine, une loque aquatique...

J'ai acheté une bière en bouteille à l'épicerie et je l'ai bue sur un banc pas loin car la montée de mes escaliers m'effrayait. Je me solidifiai à chaque gorgée. Mon rythme cardiaque revenait doucement à la normale. Ma volonté avait été brisée par ma condition physique mais je ne comptais pas m'arrêter là. Je repensai au médecin blondinet et à ses brochures. J'allais me faire aider. Le seul problème, c'était les autres. Hors de question que le peu de gens proches de moi apprennent que j'allais faire un séjour en cure. Une fois ma bière terminée, je retrouvai un certain courage, et mon corps, empochant ces soixante-quinze centilitres de poison, m'offrit une nouvelle impulsion.

Je montai les marches deux à deux, et pris les choses en main.

Je téléphonai à ma mère pour lui dire que je ne passerais pas Noël en famille. Comme ce n'était pas la première fois, elle n'a pas insisté. Je demandai des nouvelles de mon père, sur quoi elle me répondit que je n'avais qu'à l'appeler si j'en voulais, le tout sur un ton assez méprisant et supérieur, je compris qu'ils étaient à nouveau en guerre.

J'envoyai ensuite un sms à celle qui venait de chambouler tout l'ordre cosmique de ma destinée, j'inventai un long voyage que j'avais prévu de faire après les fêtes et j'écrivis qu'à mon retour, au printemps, j'adorerais la revoir.

Dans la veste que je portais le jour de mon coma éthylique, j'ai retrouvé les trois brochures déjà bien abîmées que m'avait passées le médecin blondinet. J'appelai le premier numéro : complet jusqu'en avril. Je laissai mes coordonnées pour un rappel en cas de désistement. Pareil pour le deuxième, idem pour le troisième, tous bookés pour ces trois prochains mois. J'ai continué mes recherches sur Internet, comparé les avis, compté les étoiles, consulté les commentaires, sans pouvoir me décider. Les centres qui ne me semblaient pas trop mal étaient toujours complets, on s'approchait de Noël et des fêtes, avec la nouvelle année et les bonnes résolutions tous les alcooliques de France voulaient visiblement se faire soigner, je tombais au pire moment…

— Je sais pas si je trouverai, Bobby. Au pire on attend quelques mois.

— Moi, je serais toi, j'attendrais pas. Le plus tôt, le mieux !

— Tu crois qu'elle va m'oublier ?

— Si elle t'oublie, tu lui rafraîchiras la mémoire, t'en fais pas.

— Si entre-temps elle trouve quelqu'un ?

— Alors elle trouvera quelqu'un…

— Mais donc pourquoi je prendrais ce risque ?

— T'as pas le choix. De toute façon si t'arrêtes pas, tes chances avec elle, c'est zéro. Et tu sais très bien que tu ne pourras pas le cacher longtemps.

— T'as raison. Je dirais même que t'as pris la place de ma raison, petit con.

Le lendemain matin, je me réveillai avec les cervicales en vrac, dans le fauteuil sur lequel je m'étais endormi. Mon téléphone sonnait, un 01, j'appuyai sur le bouton vert. Gwendolyn, standardiste au centre Yakashimino, m'apprit qu'une place s'était libérée : si j'étais disponible la semaine prochaine pour commencer ma « thérapie », elle pouvait m'inscrire dans les registres. J'acceptai avec entrain et la remerciai. Je tapai le nom du centre sur Internet pour voir à quoi j'avais affaire. C'était de loin le plus luxueux de toutes mes recherches mais ce n'était pas beaucoup plus cher que ce que je dépensais annuellement en alcool. Je me rassurai donc en me disant que ça pouvait s'avérer rentable à long terme. Je devais me présenter dans une semaine. J'étais soulagé d'avoir trouvé une place.

Cette semaine se déroula bien plus vite que je n'aurais pu l'imaginer. Je buvais non-stop. Le jour de Noël passa sans que je m'en aperçoive, le reste du temps j'écoutais de la musique ou regardais *Columbo* en DVD. Je réussis à recréer certaines de ses puissantes mimiques à la grande joie de Bobby qui éclatait de rire. Il n'y a pas meilleure audience que soi-même… Je me suis aussi excusé de l'avoir déçu, de ne pas avoir poursuivi nos premiers rêves, de m'être fait enrôler dans le monde adulte sans faire attention à lui, à nous. Je lui expliquai que je comprenais ses reproches. J'avais été un gamin plein d'énergie et d'envie, et en grandissant, je m'étais perdu. J'avais oublié l'essentiel, choisi la facilité. Je lui promis qu'une fois sobre tout s'arrangerait et que je n'arrêterais jamais de penser à lui, qu'il serait fier de son devenir.

CHAPITRE 9

Centre Yakashimino

La veille de ma rentrée, je n'ai pas dormi de la nuit, j'ai continué à boire, le jour s'est levé et j'ai fait mon sac. J'ai pris le RER A jusqu'à une banlieue de cinquième zone, triste mais propre. J'ai marché une demi-heure, j'ai senti que je perdais un peu de puissance alors, en croisant un bar, j'y ai bu un dernier demi de bière, puis un avant-dernier, puis un vrai dernier, et j'ai continué comme ça une dizaine de minutes, en zigzaguant tranquillement, le bide rempli d'amour gazeux.

En arrivant devant la grille en fer forgée du centre, j'étais bien. Je parvins quand même à lire leur devise, inscrite en lettres d'or sur une plaque de marbre : « À la première coupe, l'homme boit le vin, à la deuxième coupe le vin boit le vin et à la troisième coupe le vin boit l'homme. » En dessous, était écrit en plus petit : « Proverbe japonais ». Je le relus plusieurs fois pour être bien certain que je n'y comprenais rien.

Une partie du corps médical m'attendait dans la cour de l'entrée devant un double escalier en pierre qui menait au réfectoire principal, les médecins disposés les uns à côté des autres dans un parfait arc de cercle. Ils tenaient leurs bras croisés derrière leur dos et affichaient de trop grands sourires pour être vraiment sincères. Ils portaient tous des blouses bleues, sauf le médecin chef tout en blanc ; il s'appelait Didier. Il devait avoir la cinquantaine, des cheveux grisonnants, coiffés sur le côté, des joues blanches et bien rasées, il s'est avancé vers moi en me tendant une main ferme. Il avait plutôt l'air sympathique.

— Comment allez-vous ?
— Très très bien.
— Vous avez bu avant de venir ?
— Un peu…
— Tant que vous n'avez pas bu dans l'enceinte du centre, c'est tout à fait tolérable. Si vous voulez bien suivre Gwendolyn pour les premiers tests, nous allons procéder à l'inspection de vos valises, comme l'exige le protocole en vigueur.
— Vous allez fouiller mes sacs ?
— Oui monsieur Néraire, ce sont les règles de la charte que vous avez signée, nous ne pouvons prendre le risque de faire entrer le moindre produit qui pourrait contenir de l'alcool dans l'établissement.
— Et si j'ai du parfum ?

— Il vous sera retiré, un membre de notre personnel pourra vous parfumer quand vous le souhaiterez mais vous ne pouvez en aucun cas le garder avec vous.

— Non, non mais j'ai pas de parfum.

Didier a tiré la gueule et m'a fait comme un signe de la main pour que je suive Gwendolyn. Elle était plutôt jolie, blonde, cheveux bouclés, peau très blanche, s'il n'y avait pas eu ma sublime pongiste je l'aurais trouvée attirante. Elle avait finalement répondu : « Bon voyage, et oui j'espère te revoir quand tu rentres, ce verre ensemble était très sympathique et nous avons une conversation à finir. » Je relisais le message toutes les heures, je souriais à chaque fois, du pur baume pour mon petit cœur…

Gwendo m'a emmené en salle de consultation pour une prise de sang, pendant qu'on attendait les résultats elle m'a parlé un peu du centre, j'avais l'esprit ailleurs, je ne l'écoutais qu'à moitié… Au moment du résultat, elle s'est excusée en me disant qu'il devait y avoir un problème. Elle est allée chercher Didier qui, feuille à la main, s'est approché de moi pour me poser quelques questions :

— Vous avez bu quoi avant de venir ?

— Je sais plus, Didier, je sais plus, beaucoup, beaucoup.

— Vous n'avez pourtant pas l'air si…

— Je sais gérer mon apparence.

— Très bien. Après votre dîner, ce soir, vers vingt et une heures, une infirmière vous apportera votre méthadone, vous savez ce que c'est ?

— Ouais, ça aide avec le manque ?

— Exactement. N'oubliez surtout pas de prendre le cachet, entendu ?

— Très bien.

Il parla un peu à l'oreille de Gwendo, qui j'aurais juré me regardait d'un air impressionné. Je me suis demandé si j'avais battu le record des premières analyses enregistrées dans le centre, j'ai failli le lui demander mais j'avais peur de paraître irresponsable. Après les examens, une nouvelle infirmière m'emmena dans ma chambre. Tout était blanc, le mobilier, les rideaux, les robinets, les carreaux, parfaitement immaculés. Leur idée était de rendre tout sommeil de jour impossible, on devait se lever avec le soleil.

Gwendo a toqué à ma porte, toujours souriante, elle m'a tendu un planning du centre où étaient notées les heures de repas, les activités, les réunions de parole. Je devais le suivre à la lettre si je ne voulais pas avoir de problème. Ensuite, elle m'a filé une espèce de catalogue avec les descriptions de chaque activité. On devait choisir un minimum de quatre activités par semaine, nul ne pouvait y échapper… C'était obligatoire. Elle a conclu en m'expliquant qu'elle repasserait après le dîner, avant mon coucher, pour me donner ma méthadone, qui allait pouvoir m'aider à arrêter de boire sans tremblements ni sueurs.

J'ai fait un tour du centre. J'étais entré par la façade nord et je suis parti me promener vers le bâtiment sud, distinguable par son immense fontaine, où de gros poissons-chats, entourant une femme nue, crachaient des gerbes d'eau en continu. Le lieu était gigantesque. J'ai passé le début de ma balade à me sentir terriblement mal pour les autres patients, beaucoup d'hommes, tous maigres, les bras entourant leurs côtes dans un long câlin solitaire. Ils étaient assis et se berçaient d'avant en arrière, comme s'ils avaient été montés sur un infini ressort. Ils n'émettaient aucun son, malgré leurs lèvres mouvantes, ils psalmodiaient sourdement.

— Oh ils font peur…
— Toujours là, toi ?
— Eh oui, où tu veux que j'aille ?
— Heureusement que j'en suis resté à la bouteille.
— Classique.
— Jusqu'au bout des ongles, Bobby.
— C'est bien que tu sois là, tu tiens le coup ?
— Pour l'instant ouais. C'est ce soir que ça va être dur. Et la nuit aussi, j'appréhende.
— Ça va aller, je te jure.
— Je sais.

Je suis allé dîner tôt, vers dix-neuf heures, dans le réfectoire A. Des dizaines de tables de pique-nique étaient disposées les unes près des autres. Les pensionnaires devaient en occuper la moitié… J'ai tout de suite cherché mon petit quart de rouge pour accompagner mes paupiettes de veau puis je me suis rappelé où j'étais. Ce fut le premier moment difficile de mon séjour. Ça m'a foutu le blues. Pas de petite carafe de rouge ? J'avais l'impression d'être déjà sur le bon chemin parce que je sentais que j'aurais pu me contenter d'un verre, un seul, pour accompagner ma viande, par goût, par savoir-vivre… Dépité, je suis allé manger à une table isolée. Le manque d'alcool commençait à se faire doucement sentir, j'avais du mal à tenir ma fourchette… Mon couteau tremblait lui aussi… J'essayai de rester concentré, je me répétai que je commençais une nouvelle vie. Après avoir ratissé mon assiette, je suis reparti fumer dans ma chambre. À la troisième taffe, tout le système s'est mis à hurler, l'alarme s'est déclenchée et trente secondes après un type explosait ma porte d'un coup d'épaule. Il m'a crié dessus et m'a demandé si je savais lire puis il a pris son talkie : « Fausse alerte, cigarette chambre 212. »

— Il est interdit de fumer dans l'enceinte du bâtiment, c'est écrit sur votre guide, il a dit, avant d'ajouter : La porte est à votre charge.

— Comment ça la porte est « à ma charge » ? Elle était même pas verrouillée, c'est vous qui l'avez cassée sans même essayer de l'ouvrir. Vous savez ouvrir une porte, quand même ?

— Monsieur, dans l'urgence de certaines situations, il est d'usage de prendre des mesures, et de passer en force. Vous ne suivez pas le règlement, donc vous êtes fautif.

— Très bien, mais je paierai pas la porte.

— Ne vous étonnez pas si elle est à votre charge.

— Quoi ? Tu m'entends ou bien ? Je te dis que je paierai pas ! Et si tu continues à dire que je suis fautif, je vais vraiment m'énerver, c'est ce que tu veux ?

Il est devenu rouge quand j'ai commencé à le tutoyer, sous ma menace ses yeux ont grossi et une des artères de son cou s'est mise à gonfler.

— Vous allez faire quoi ?

— Je vais te violenter, tu comprends ou pas ?

Je me suis levé pour lui faire face (je n'avais jamais été de nature violente, mais je n'avais jamais été sevré de quoi que ce soit auparavant). Il a souri, un sourire d'une grande maturité qui annonçait la compréhension et l'empathie. Il avait décidé d'être plus fort et de ne pas répondre à mes attaques. Sa centaine de kilos bien trempés aurait pu m'écraser comme une vulgaire mouche, mais il a choisi de ne pas réagir.

À peine douze heures après mon arrivée, on m'entourait déjà de règles, d'activités forcées et de protocole en vigueur. Mes nerfs avaient lâché…

J'ai compris qu'il ne s'agissait pas seulement d'arrêter de boire, je devais aussi réapprendre à vivre en société, ce qui voulait dire conserver mon sang-froid, ne pas me laisser emporter par mes émotions qui, avec le manque, décuplent d'intensité.

— Pardon, j'ai plus l'habitude des règles, tout ça… C'est dur là, premier soir sobre, vous me hurlez dessus, je me défends…

— Bon, on va oublier cette affaire, j'écrirai dans mon rapport que la porte était défectueuse, et je vous donne un premier avertissement qui, je l'espère, sera le dernier, pas de cigarette, ni vapoteuse, pipe, cigare, à l'intérieur de l'établissement, ok ?

Ma chambre était au rez-de-chaussée, j'en ai profité pour sortir par la fenêtre et fumer une cigarette, entière cette fois. Dehors, la banlieue m'offrait ses étoiles.

J'ai entendu une fenêtre s'ouvrir, mon voisin de la chambre de gauche sortait lui aussi, une cigarette à la bouche, des bagues aux doigts, un gilet noir sans manches, il avait un style assez particulier. Il se présenta et amorça la conversation, il avait tout entendu.

— Tu viens vraiment de menacer José ?

— Ouais, je suis un peu nerveux…

— Ah ouais, t'es chaud. T'es là pour quoi ? il m'a demandé.

— Je bois trop, et toi ?
— Pareil. Première visite ?
— Yep. Et pour toi ?
— Non, j'ai un abonnement ici, c'est plus simple. Je le vois un peu comme des vacances, faut dire que c'est sympa. Combientième jour ?
— Je suis arrivé cet après-midi.
— Petit veinard. T'en as encore plein le sang, je parie. T'as bu avant de venir ?
— Évidemment.
— Tu me fais une petite saignée ?
— De quoi ?
— Tu t'ouvres un peu quoi, tu m'en donnes ?

Heureusement qu'il s'est marré à ce moment-là, parce que j'étais sur le point de le quitter pour ne jamais le revoir. Il avait gardé son sérieux, en me dévisageant bizarrement, je l'avais cru jusqu'au bout dans son acte médiéval d'alcoolo désespéré. On n'a plus dit un mot jusqu'à arriver au filtre de notre cigarette puis il m'a dit « À plus » et il est reparti par sa fenêtre.

II

En rentrant dans ma chambre, j'ai découvert, posé sur mon bureau blanc, un petit papier plié avec écrit « méthadone ». J'ai pris le cachet, et je me suis allongé vers vingt-deux heures sur mon lit, en espérant m'endormir vite et que cette première journée se termine. Je n'ai pas trouvé le sommeil et la nuit a été longue. Lorsque fixer le plafond est devenu insupportable, je suis ressorti fumer face aux étoiles frigorifiées. J'ai pensé à elle. Et en retournant dans mon lit chaud, encore et toujours à elle. J'aurais aimé qu'elle y soit avec moi, qu'elle s'endorme dans mes bras, ou seulement la regarder dormir le temps d'une insomnie. Elle se serait reposée sur ma poitrine, je me serais apaisé en écoutant son souffle, mes yeux auraient fait des huit sur ses hanches, et je me serais endormi, hypnotisé par ses formes. J'étais sur le point de rêver... quand je l'ai senti sauter sur le lit. Bobby testait les ressorts du matelas. Ce soir-là, j'ai pu comprendre que ces apparitions n'était pas liées qu'à l'alcool mais surtout à un certain état émotionnel, fait de solitude, de crainte, parfois de colère.

— Alors ? Cette première journée ?

— Je me suis déjà embrouillé avec le mec de la sécurité, pas de ping-pong, beaucoup trop de règles, mais la nourriture est bonne.

— Et sinon, tu tiens le coup ?

— J'ai envie de rouge. C'est vraiment ce qui me manque le plus. Je me suis déjà dit trois fois que tout arrêter c'était bien, mais que garder le vin rouge, c'était encore mieux. Mais c'est pas comme ça que ça marche, apparemment. Sinon mon voisin de chambre a l'air cool.

— Ouais il a l'air sympa. Et… elle t'a écrit ?

— Pas depuis la dernière fois.

— T'inquiète pas, hein ?

— Non, non, mais il faut que je dorme, là, petit Bob.

— Ok, ok, je me tais.

Quand le soleil s'est levé, j'avais dû dormir trois heures, et comme je dors toujours mieux le matin, j'en profitai pour nouer les manches d'un pull autour de ma tête pour conserver un peu d'obscurité et me rendormir doucement en ignorant l'agitation des couloirs.

C'était sans compter Agnès, quadragénaire énergique ; legging noir et débardeur rose fluo, elle affichait aux yeux de tous son nombril percé et ses six abdominaux parfaitement dessinés. Je l'ai d'abord entendue toquer aux portes du couloir en criant : « Allez debout, là-dedans, la santé n'attend pas ! On se réveille, on s'étire, on sourit ! »

Le sommeil a toujours été un remède efficace face aux emmerdes, le mien est sacré. Car il est rare, difficile à obtenir. Quand elle est entrée dans ma chambre, j'ai explosé. J'avais presque atteint les vingt-quatre heures de sobriété, j'étais encore résolu mais affaibli, et la voilà qui me criait dessus, pas méchamment, mais ça a suffi, j'ai pas réussi à me contenir… La rage est revenue d'un seul coup, j'ai vu rouge. Je l'ai haïe quand elle a poussé ma porte endommagée qui s'est écroulée au sol. Selon la charte que j'avais signée, elle avait le droit de le faire, je m'étais engagé, sans le savoir, à aller courir le matin. Elle continuait à chanter sur le fait de se lever et de courir pour se faire du bien, en tapant dans ses mains comme une idiote… J'ai défait le pull et je l'ai regardée le plus méchamment possible, le genre de contact visuel qui, lancé à une personne normalement constituée, l'arrête immédiatement. Pas elle, pas la Agnès, oh que non. Elle a continué avec son air entraînant, « Rien ne sert de dormir, pour être en forme il faut courir… ». C'est là que je me suis mis à hurler de toutes mes forces.

— NON MAIS JE VIENS PAS MOI, JE VEUX DORMIR.

En guise de réponse, elle m'a juste souri, on sentait qu'elle n'était pas à son premier faux sourire, et qu'elle avait déjà dû vivre la situation plus d'une fois. Elle était visiblement habituée à se faire hurler dessus dès le matin… Elle est allée vers mon armoire parfaitement rangée pour en sortir un jogging plié et me l'a tendu. Je n'ai pas bougé.

— Je vous attends, je ne lâcherai rien, c'est plus simple que vous veniez avec nous, contre moi vous avez perdu d'avance.

Une fois qu'elle est sortie de ma chambre, j'ai relevé ma porte du sol, et je l'ai coincée en déplaçant mon lit, empêchant ainsi tout accès.

— T'exagères quand même, il m'a dit en se frottant les yeux.
— C'est mort, petit Bob, je vais pas courir.
— Elle va appeler la sécurité.
— Mais non, mais non.

Trois secondes plus tard, elle menaçait d'appeler José, je ne lui répondis pas, et comme je l'avais prévu, elle abandonna et ils partirent courir en groupe sans moi. Après ça j'ai traîné dans mon lit le plus longtemps possible jusqu'à ce que mon appétit et l'ennui se fassent sentir. Je décidai de choisir mes activités pour ne plus avoir à revivre la scène de ce matin. Dehors, je tombai par hasard sur mon voisin fumeur d'hier soir.

— Alors, bien dormi ?
— Pas vraiment.
— Ça viendra. Au fait, moi c'est Jeff.
— Enchanté Jeff, moi c'est Robert. Faut que je choisisse mes activités, et je sais pas quoi choisir. Je veux surtout ne jamais avoir à courir.
— Facile, moi je suis sur le tai-chi, excellent le tai-chi, ça calme. Le manque met des sales idées en

tête, ça aide pour ça. Je continue à en faire même quand je sors d'ici.

— Ah oui, ça pourrait me faire du bien ça, je suis en effet assez nerveux.

— Au début, il s'agit surtout de ressentir, tu vois. Et poterie aussi, j'adore la poterie…

— Ok, pourquoi pas.

— Et l'atelier d'écriture, j'écoute pas toujours ce que dit le prof, mais ça me permet d'avoir deux heures où je suis sérieux.

— Ok, ça m'a l'air bien ça aussi.

Au secrétariat, une petite binoclarde bouclée enregistra ma demande. Je décidai de prendre la taille de bonsaï en plus des activités que m'avait proposées Jeff, parce que je me voyais bien rien foutre, et couper des branches.

III

Avec le temps et la pratique, ces activités nouvelles ont pris la forme de rendez-vous pour Jeff et moi. On devint complices, puis amis. Pendant le séjour, je ne l'ai jamais vu en baisse de régime, il était toujours joyeux à sa drôle de manière. Même si on suivait les cours avec le plus de sérieux possible, on était le genre d'élèves qui ne peuvent pas se regarder une seconde sans avoir envie d'exploser de rire. Il n'avait qu'à tourner la tête et me regarder juste avec la bouche un peu pincée, comme s'il se retenait déjà, et j'avais envie de rire. J'essayais de rester concentrer, de respirer avec le ventre et en pensant à des choses horribles pour ne pas tomber dans son piège et le fou rire. Il nous était presque impossible de rester sérieux devant Antoine, le prof de tai-chi, il ne dégageait rien de zen le pauvre, il avait du ventre, pas de cheveux, une espèce de bouddha à la française doté d'un amour dérangeant pour les combis moulantes. Il nous appelait les « deux zigotos », on l'aimait bien, c'était un super prof, patient, cultivé, sans l'attirail de vocabulaire hippie, mais avec Jeff le moindre truc devenait à se pisser dessus de rire ; il n'avait aucune coordination et une très mauvaise mémoire pour les gestes et les positions. Il brassait l'air maladroitement, un sourire béat sur le visage.

Il avait pourtant déjà presque deux ans de pratique derrière lui et il était toujours aussi nul. Antoine avait complètement abandonné, à chaque fois que Jeff passait devant lui, il levait les yeux au ciel.

Il y avait aussi la taille de bonsaï, seule activité que je pratiquais sans lui. L'exercice de la coupe demandait de l'imagination, il fallait penser ses formes futures, voir le potentiel du bonsaï et le sculpter, avec l'aide du temps et de la nature, selon une vision, toujours avec minutie, sérénité et tendresse, sinon l'arbre pouvait souffrir, et mourir.

Maître Kinota avait d'éclatantes dents blanches, il était difficile de lui donner un âge. Il ne parlait que les quelques mots de français essentiels à son enseignement, il communiquait surtout par des gestes et des regards, avec un calme communicatif.

J'obtins rapidement mon propre bonsaï, un Shakan. Il était penché vers la gauche, comme si toute sa vie il avait été battu par le vent des côtes. De la même famille que le pin, ses épines devaient faire deux centimètres, mais sa beauté n'était pas mesurable métriquement… Je coupais ses bourgeons et vérifiais ses ligatures tous les trois jours. Je passais beaucoup de temps à l'admirer.

IV

Au bout d'un mois, quelques habitudes s'étaient mises en place, on se retrouvait avec Jeff tous les soirs après dîner. On ne mangeait jamais ensemble, toujours chacun de notre côté, l'arrivée du repas et de la nuit marquait le pire moment dans le manque. On se retrouvait ensuite pour une cigarette digestive, sur un bout de pelouse où était planté un panneau « Pelouse interdite ». On savait qu'on venait de passer vingt minutes difficiles, alors quand on se voyait, on essayait de rire, comme toujours, sauf que la nuit c'était moins naturel. Parfois, on se laissait aller à nos petits coups de blues. On se limitait quand même, on était tous les deux assez semblables là-dessus, fragiles et pudiques, on ne cherchait pas à ce que l'autre nous plaigne, juste, parfois, ça nous faisait du bien de parler un peu de ce qui n'allait pas, des raisons du combat.

On faisait pourtant toujours attention à ne pas entrer dans le tunnel des vilaines pensées, on savait que si on pouvait rire facilement, l'inverse existait tout autant.

J'ai appris qu'il était chanteur dans un groupe de rock, il gagnait plutôt bien sa vie visiblement. Pour me donner une idée de ses tubes, il a marmonné un air que j'avais plusieurs fois entendu à la radio. Contrairement à tous les amis que j'avais pu avoir et que j'avais esquivés par honte et embarras, lui me comprenait, et ne me jugeait jamais. Il était passé par là, il avait connu le trou, l'échelle, et la rechute plusieurs fois. J'ai insisté auprès de Didier, le médecin chef, pour que Jeff devienne mon parrain de sobriété. Au départ, il était contre : « Monsieur Néraire, je ne pense pas que Jeff soit le meilleur choix, il n'en est pas à son premier séjour chez nous, il ne s'est pas montré capable d'être mentor, et vous ne l'êtes pas non plus… Il vous faudrait et il *lui* faudrait quelqu'un avec plus d'expérience et plus d'années d'abstinence… »

J'ai finalement réussi à le convaincre, en lui disant qu'il était plus facile de décevoir un inconnu qu'un ami comme Jeff pour qui j'avais de l'estime et de l'affection. C'est ainsi que Jeff est devenu mon binôme.

V

Je continuais à rêver de pinard sous toutes ses formes, et d'elle aussi, dans tous mes rêves. J'avais l'image obsédante de ses lèvres tachées de vin, gercées rouge, plusieurs nuits d'affilée. Une autre nuit aussi, je lui lavais les cheveux au sauvignon blanc...

Bobby me visitait moins fréquemment mais à chaque moment de solitude difficile, ou très souvent quand je pensais à elle, il revenait. Il avait grandi depuis que j'étais en cure. Il approchait de l'adolescence, il avait de l'acné sur le front, un nez plus gros que le reste de son visage, il était aussi plus doux, plus sympathique, j'ai pensé que c'était un bon signe qu'il grandisse, ça voulait dire qu'il y avait une évolution. On parlait beaucoup d'elle, mais plus on en parlait, plus elle me semblait lointaine. Alors Bobby me rassurait, « Mais non, elle ne t'a pas oublié ». Deux mois étaient passés et mes doses de méthadone avaient fortement diminué tandis que mon tai-chi se fluidifiait doucement de jour en jour malgré quelques fous rires toujours présents. Il y avait aussi l'atelier d'écriture qui m'apportait beaucoup, sans que je m'en rende compte au départ. Il me permettait de prendre de la distance. Je développai aussi une nouvelle sérénité, je trouvais le repos plus facilement qu'auparavant. Je me levais même avec le soleil dorénavant. Un cadre et des activités physiques et cérébrales, et le retour de mon corps sobre, m'avaient apporté une énergie que je ne me soupçonnais pas. Il y avait toujours des débuts de soirée difficiles, que le blues accompagnait inlassablement, des moments de faiblesse où je perdais mon calme, mais je tentais alors de mettre en pratique les enseignements d'Antoine, ou de penser à des choses positives, au chemin parcouru, à elle, à la bouille de Bobby que je ne voulais plus jamais décevoir.

CHAPITRE 10

La sortie

La dernière semaine au centre fut la plus difficile. Elle (qui avait refusé de me donner son prénom) n'avait pas répondu à mon dernier sms où je demandais de ses nouvelles, et comme je vérifiais mon téléphone presque six fois par heure, l'attente semblait éternelle. Les dernières nuits, je dormis mal. J'avais peur, la parano des derniers moments, je me rendais compte que la liberté promise ne serait déterminée que par la force de mes engagements.

Je craignais de penser différemment une fois dehors, de céder à la tentation qui allait prendre toutes sortes de formes ; de l'étagère bien éclairée aux publicités déshydratantes, sans compter les quinze millions de terrasses de cafés. Je me rassurais, et ce faisant, je prenais conscience du chemin parcouru, ce n'était pas seulement le centre qui m'avait permis de réussir, mais aussi ma volonté propre.

La veille de mon départ, vers trois heures du matin, une idée stupide me traversa l'esprit et comme j'étais occupé à me poser de grandes questions, je ne pris pas le temps de réfléchir pour savoir si c'était une bonne chose à faire ou pas, j'y suis allé.

Sortant de ma chambre par la fenêtre, j'esquivai les lumières à déclenchement automatique du jardin et, m'éclairant avec la torche de mon téléphone, je gagnai doucement la salle aux bonsaïs.

Je retrouvai mon Shakan là où je l'avais laissé et j'attrapai le pot d'une vingtaine de kilos avant de retourner dans ma chambre, les genoux et le dos pliés par l'effort. Une fois à l'intérieur, je vérifiai si ma valise pouvait contenir mon petit arbre. Il rentrait tout pile, le côté gauche où se trouvaient les trois quarts du branchage paraissait bizarrement bombé mais ça passerait.

Au réveil, je ne regrettai pas mon vol. L'idée m'était venue d'un coup, je n'avais rien prémédité, mais je comprenais à présent pourquoi j'avais eu besoin de le prendre avec moi. Je trouvais injuste qu'un autre patient touche à mon petit arbre, c'est moi qui avais pris soin de lui, moi qui l'avais nourri, l'avais aimé, et quelqu'un d'autre allait prendre la suite de mon amour ? Hors de question. Pour une fois que je faisais les choses bien…

Didier et Gwendo m'attendaient à la sortie, j'aurais juré voir de la fierté sur leurs visages, j'ai pris le temps de les remercier. Ils ont tous les deux eu un mot sympathique, j'ai voulu faire pareil et j'ai maladroitement improvisé une phrase sur leur gentillesse mais ça sonnait presque comme un défaut. J'ai ensuite pris Jeff dans mes bras, pas besoin de s'attarder, on savait qu'on se reverrait, il sortirait d'ici un mois, et j'ai tracé.

CHAPITRE 11

Retour à la vie sauvage

Je me tenais droit et me sentais toujours fort de mes récents accomplissements quand la grille s'ouvrit d'un clic face à moi. Un ciel gris m'attendait à la sortie ainsi qu'une pluie légère et glaciale, j'ai traîné comme j'ai pu ma valise sur le gravier et j'ai senti monter l'excitation de ma nouvelle liberté. J'ai pensé à un fauve devenu végétarien qu'on rejette dans la jungle après avoir changé son système digestif. Je chassai aussi vite qu'elle m'était venue cette analogie débile, fruit de mon cerveau tout juste lavé et propre, en me disant qu'il s'agissait là d'un vieil instinct pas tout à fait guéri.

Sur le chemin du retour, je passai près d'un petit bistro qui faisait l'angle de deux rues désertes. Une espèce de PMU, où quelques vieux devaient venir passer leur dimanche à l'abri de leurs femmes. Je pouvais déjà renifler l'odeur d'emmental grillé des croque-monsieur se mélangeant à celle de la bière. J'entendais les bruits métalliques du flipper. Je sentais la chaleur d'un vieux poêle, dans l'arrière-salle, qui crépitait. La télé qui murmurait des numéros perdants, et tous les rires accompagnant l'ivresse d'un dimanche. Je suis passé devant, j'ai tourné la tête une demi-seconde, j'ai encore pensé au tigre qui retrouverait sa jungle mais je ne me suis pas arrêté. J'ai tiré ma valise jusqu'au RER.

Sur le quai, j'ai enchaîné les clopes jusqu'à ce que le RX 170 s'arrête. Je suis monté dedans et j'ai repensé à ces derniers mois, j'avais la sensation de revenir d'un long voyage alors que je n'avais pas quitté l'Île-de-France. Je m'imaginais en vieux bluesman avec sa bouteille de bourbon, dans un train de marchandises traversant l'Ohio, une vieille guitare sans corde de ré, l'infini paysage en latéral. Je reconnaissais encore là les fantasmes d'un instinct mal soigné, sûrement incurable, on me l'avait tant rabâché, je ne buvais plus mais j'étais toujours alcoolique…

Je fixais les poteaux qui s'enchaînaient le long des rails. J'étais en traversée. J'allais d'un état à un autre. J'avançais désormais dans l'incertain ; je me répétais : « Pour l'instant tu n'as rien gâché et tu ne gâches rien. » La cure, le centre, ces trois derniers mois se compressaient déjà dans ma mémoire comme un vieux souvenir qu'on voudrait pas trop encombrant. J'avais quitté le centre il y avait à peine une heure, et pourtant il me semblait lointain, plus je m'en éloignais physiquement, plus le bon comportement qui m'avait été inculqué semblait fragile : est-ce que trois mois suffiraient à guérir tant d'années de démence ?

— On roule à l'eau gazeuse, vieux, m'a dit Bobby.

— Que des purs minéraux, j'ai continué.

J'ai ouvert ma valise pour voir mon Shakan, deux feuilles étaient tombées et une branche s'était pliée dangereusement. J'essayai délicatement de la replacer afin qu'elle ne craque pas. Je n'osai plus le remettre dans le sac. Il n'avait jamais autant souffert de sa vie. Je l'ai posé sur mes genoux pour le reste du voyage. Mon portable, qui se trouvait dans ma poche, sous le pot de mon arbre, a vibré dix-huit fois, trois appels d'affilée, je laissai faire, je ne voulais pas déranger mon bonsaï pour si peu. En sortant du wagon, je décidai de porter mon Shakan dans mes bras. Je laissai donc ma valise dans le train, ouverte et quasi vide, en espérant ne pas perturber le trafic après mon départ.

Chez moi, une couche de poussière recouvrait tous les meubles. Je trouvai le parfait emplacement pour mon petit arbre, l'arrosai et humidifiai ses feuilles. Vérifiant mon portable, je découvris que c'était mon père qui avait essayé de m'appeler. Je le rappelai avant de m'occuper du ménage et de mon courrier, il ne répondit pas. Deux heures plus tard, l'appartement était en ordre, dépoussiéré, le courrier ouvert et classé. J'étais satisfait. J'allumai une cigarette et mis un vinyle, j'allai même me servir un verre d'eau tout en me félicitant, j'essayai d'y trouver un goût, un plaisir. Je me forçai à y croire. Au moment où j'écrasais ma clope, mon portable se remit à vibrer, je répondis à mon père.

— Salut fiston, comment ça va ? Alors ce voyage ? T'es rentré hier ?

— Non je viens de rentrer là, c'était, c'était... Revigorant. Toi, comment ça va ?

— Bah pas génial, mais je suis en bas de chez toi, là, on peut en parler si tu veux ?

— Qu'est-ce que tu fous en bas ?

— Je vais te raconter.

— Ok, alors vas-y, monte.

Dix minutes après, il n'était toujours pas là, j'ai ouvert ma porte et l'ai entendu quelques étages plus bas, peinant à respirer. Quand je l'ai vu, j'ai compris. Il traînait derrière lui une énorme valise. Il avait pris dix ans depuis notre dernière rencontre, quelques mois auparavant. Il avait grossi, portait une barbe que je n'avais jamais vue, ses joues et son nez avaient gagné plusieurs nuances de rouge... Je suis descendu l'aider, il était en nage. À la vue de son énorme bagage, j'ai tout fait pour garder mon calme. Je le lui ai pris des mains, il ne m'avait même pas entendu descendre tant il était obnubilé par son effort.

— Fiston, tu me sauves, j'étais à bout.

— C'est normal, tu t'installes alors ? dis-je en desserrant les dents le plus naturellement possible.

— Juste quelques jours, le temps que je rebondisse.

— T'aurais pu prévenir.

— Je t'ai laissé deux messages vocaux et deux sms, j'avais nulle part où aller, là, mais je vais trouver vite.

Il m'a expliqué qu'entre lui et ma mère c'était vraiment fini cette fois, il n'essayait même plus de tout lui mettre sur le dos. Il s'était fait virer suite à une énième dispute, un matin il avait retrouvé sa valise faite devant l'entrée. Elle avait arrêté de lui parler. Il avait bien essayé de se rattraper pendant plusieurs jours mais, face au silence éternel de ma mère, il avait abandonné. Il ne lui restait plus qu'à prendre ses affaires et à partir, puisque ma mère possédait leur maison. Par un malin stratagème affectif, il continua en m'expliquant que j'étais la seule famille qui lui restait (ce qui était totalement faux puisqu'il avait une sœur avec qui il s'entendait moyennement), je ne me laissai pas berner pour autant, et décidai de ne pas prendre parti entre lui et ma mère. Je ne pouvais décemment pas le virer ou lui mettre la pression pour qu'il parte vite, mais j'espérais sincèrement qu'il ne reste pas trop longtemps, il n'y avait pas pire moment pour l'accueillir. Je voulais la retrouver, elle, que ça fonctionne entre nous, que Bobby ne soit plus aussi désespéré, et qu'il disparaisse enfin lui aussi…

— Qu'est-ce que tu me sers à boire ?

— Il est pas treize heures, dis-je avec une grande fierté que j'avais du mal à dissimuler.

— Attends, c'est pas tous les jours qu'on se fait quitter après trente-trois ans de vie commune.

— J'ai rien, je bois plus, et puis vous vous êtes séparés y a déjà quoi, une semaine, dix jours ?

— Tu bois plus du tout ?

— Plus trop, je vais pas boire ce mois-ci par exemple.

— Pourquoi ?

— Parce que c'est mieux comme ça.

— Festif… Bon, ça t'embête si moi je bois ?

— Nope, fais ce que tu veux.

— Alors je vais au supermarché.

Une fois parti, j'ai attendu qu'il ne puisse plus m'entendre. J'ai hurlé de toutes mes forces jusqu'à ce que ma voix se brise, j'en avais besoin. Le voisin du dessous n'a pas pu s'empêcher de taper du balai sur son plafond. Je me suis souvenu d'Antoine, le prof de tai-chi, alors j'ai désespérément cherché l'équilibre des deux pôles, du yin provenant de la terre et du yang issu du ciel. Au bout d'une minute à essayer, je me suis assis par terre.

— Le ciel attendra, m'a dit Bobby.
— Mmmhh...
— Oh, ça va, t'as trente ans, tes parents se séparent, c'est pas la fin du monde, c'est ça ton problème, tu penses toujours que ce genre de truc n'arrive qu'à toi, mais pas du tout...
— Non mais qui se sépare, à leur âge ? Pourquoi maintenant ? Ça ne pouvait pas être pire qu'en ce moment... Voilà, maintenant j'ai envie de boire.
— Appelle Jeff.

Jeff avait promis de me soutenir, je l'ai donc appelé. Il m'a d'abord hurlé dessus, je suis resté silencieux. J'ai écouté sa tirade, plus les secondes passaient, plus sa voix se posait, s'est ensuivi un discours majestueux sur la fierté, le sentiment de puissance que confère la retenue. La nécessité de ne pas céder aux premières émotions, d'écouter toutes ses voix intérieures, et enfin de trouver et suivre celle de la raison. À la fin, j'étais en sanglots, surtout lors de sa conclusion, quand il s'est efforcé de me dire trois fois, de manière différente, quel chic type j'étais.

Mon père est revenu avec un pack de six, une bouteille de rouge, du gin, des glaçons et du citron. J'essayai de ne pas regarder ce qu'il buvait, ce qui rendait nos contacts assez étranges, je le voyais mal à l'aise et je l'étais encore plus. Le silence était lourd, il l'a brisé en me demandant pourquoi je n'avais pas répondu à ses deux textos. Je n'avais rien reçu.

— Ça doit être mon portable qui foire.

— Ça va, ta voix ? T'es enroué ?

— Hein ? Oui oui, ça va…

— T'as essayé de l'éteindre et de le rallumer ?

— Papa, s'il te plaît, c'est fini les années 90…

— Moque-toi, ça m'est arrivé y a pas longtemps, une dizaine de messages que j'avais jamais reçus qui sont arrivés après l'avoir éteint et rallumé.

N'ayant rien à perdre, je suivis ses conseils. J'éteignis et rallumai mon téléphone.

Tout de suite, un petit sept rouge en notification sur l'icône des messages est apparu. J'ai ouvert l'application et vu qu'elle m'avait écrit il y a deux semaines, « Dis, t'es rentré ? ». Il ne m'a pas fallu une seconde pour que je la voie avec un autre homme, ils marchent dans la rue, fous amoureux, s'embrassent à chaque feu rouge. Je vois leur vie à eux défiler, ça ressemble à une chanson de Brassens ; près d'un feu de cheminée, il lui couvre les épaules d'un plaid. Elle se tient le ventre, elle attend un enfant. J'ai serré mon téléphone de toutes mes forces, espérant qu'il se brise, mais j'ai seulement réussi à me faire mal à la main.

— Ça va, fiston ? Tu veux boire un coup ?

— Non papa, ça va pas. Faut que je sorte, là.

La marche n'aidait pas. J'avais perdu la raison, je cherchais qui étaient les coupables. Les responsables de notification ? Ils étaient combien ? Ils habitaient où ? J'allais brûler toute la Silicon Valley. Peut-être même la Californie entière. Plus je marchais, plus mon plan se précisait ; j'allais les ruiner, m'accrocher des dizaines d'iPhone partout sur moi et les faire sonner en permanence jusqu'à développer un cancer parfaitement incurable à cause de leurs ondes tueuses, je les ferais tomber en me sacrifiant. Ce serait mon legs à l'humanité.

— Tu dis n'importe quoi, m'a crié Bobby en s'accrochant à mon bras, c'est ça ton problème, tu dramatises trop tout le temps.

— T'en sais rien et je t'emmerde.

— Mais calmos muchachos. Réponds-lui, tu verras bien.

— C'est ce que je comptais faire, j'ai pas besoin de toi. Allez, tire-toi.

— Non, je reste, moi j'ai besoin de toi.

— Fais ce que tu veux, je m'en tape.

J'ai répondu à la femme qui hantait mes rêves depuis presque cinq mois, sans essayer d'en faire trop. Je n'étais pas en état de penser. Je restai mesuré, simple, courtois. Je me suis excusé de ne pas lui avoir répondu plus tôt, j'ai confirmé mon retour, et je lui ai proposé qu'on se revoie quand elle le souhaiterait. J'appelai ensuite ma mère.

— Ah mon chéri, comment vas-tu ?
— Ça allait bien avant qu'il débarque.
— Qui ?
— Ton mari, maman.
— C'est plus mon mari mais c'est toujours ton père, mon chéri.
— Mais vous avez même pas encore divorcé !
— Légalement peut-être et c'est en cours, mais en tout cas nous ne sommes plus ensemble.
— Putain de merde, quelle idée...
— Écoute, c'est ma vie, si tu n'es pas content c'est la même chose, on ne se supporte plus, on n'a aucune raison de rester ensemble.
— Ouais, c'est facile de larguer un vieil homme juste parce que vous traversez une période difficile, mais après trente ans de vie commune, qu'est-ce que ça veut dire se séparer maintenant ? Et moi ça m'arrange pas du tout de l'accueillir, il va me gâcher la vie parce que t'es pas foutue de faire les choses bien. Il peut aller nulle part, mais bon toi t'as eu ce que tu voulais, donc super maman, super. Merci beaucoup.

Je raccrochai là-dessus, car je trouvais cela parfaitement dramatique et aussi parce qu'elle allait encore avoir un argument pour justifier son acte, sûrement plus solide que les précédents, et je n'avais pas la patience de continuer. Je cherchais surtout un exutoire, je n'arrivais pas à redescendre, la colère ne me quittait pas, j'ai traversé Paris en marchant, du nord au sud. Sur le chemin, Bobby évoquait les souvenirs de son enfance, « Oh regarde là, tu te rappelles quand avec l'école on allait à cette piscine ? ». Oui je m'en rappelais, pédiluve, moule-bite, bonnet de bain, le froid de l'hiver en sortant. Il essayait avec nostalgie de me détendre, mais ça ne fonctionnait pas. Rien ne semblait me calmer jusqu'à ce que mon téléphone vibre deux fois, signe d'un nouveau message. Je priai pour que ce soit elle. Dans la poche de mon jean, ma main tremblait presque autant que le téléphone avant qu'il ne s'arrête. C'était bien elle, elle acceptait ma proposition, on se verrait dans une semaine.

Bobby avait encore eu raison… En une minute je passai du désespoir à l'euphorie, le sevrage me rendait terriblement émotionnel. Je devais faire partie de ces gens qui, pour arrêter de boire, sont obligés de mener une vie recluse, loin des autres, à ne rechercher qu'une sorte de zen ou ce qu'ils appellent la « pleine conscience », assis par terre, à contempler leur solitude dans une infinie méditation transcendantale.

— Tu veux devenir moine bouddhiste, en fait ?

— Non, je dis juste qu'il me faudrait au moins ça pour pas boire.

— Tu tiendrais pas deux jours.

— Je sais.

— Mais ça fait trois mois que tu ne bois plus !

— Oui mais là-bas, c'était pas une vie, c'était un cocon médical. Là je suis trop émotionnel, je te le dis, c'est insupportable, comment j'ai pu me mettre dans un état de rage pareil alors qu'il n'y avait rien de grave ?

— Ça passera…

III

Je rentrai chez moi, j'avais oublié mon père jusqu'à ce que j'entende la télé allumée. Il faisait la gueule, j'ai dû le questionner pendant une demi-heure pour comprendre qu'il avait eu ma mère au téléphone. Devant la télé, il ne disait pas un mot, trois cadavres de bières sur la table basse, une à moitié pleine dans la main. Il avait le regard vide, perdu. Il m'a demandé une cigarette alors qu'il n'avait pas fumé depuis des dizaines d'années, j'ai refusé.

Il zappait d'une émission à une autre, évitant les pubs, une sur le custom de bagnoles intitulée *Gas Monkey*, et *La Petite Maison dans la prairie*. Je lui ai proposé d'éteindre et de mettre un vinyle, il m'a répondu, « J'ai besoin d'images, ça me vide la tête ».

Alors je me suis assis à côté de lui et j'ai attendu qu'il parle. Il a fallu que Charles Ingalls commence à traire une vache pour qu'il démarre.

— Ta mère m'a comparé à un insecte rampant, qui s'accroche à ce qu'il peut.

— Je suis désolé.

— Non mais c'est pas de ta faute, ça fait des années qu'elle me rabaisse, tu sais... Je comprends pas sa méchanceté, ça me dépasse, je me demande quel mal je lui ai fait pour qu'elle me traite comme ça. Je te jure, je me remets en question, je cherche, où est-ce que ça s'est brisé ? Je vois pas... C'est le temps, le trop d'années passées ensemble peut-être, j'en sais rien. Mais bon, t'inquiète pas trop, va, je pars demain. Comme elle dit, je dois pas gâcher ta vie après avoir gâché la sienne...

J'ai pas pu prendre le temps de réfléchir, la pitié m'a saisi, elle a parlé pour moi :

— Non mais Pa', tu me gâches pas la vie, reste s'il faut, tout va bien, on va se débrouiller. Tu vas rebondir, c'est certain, faut que tu t'aères, t'as pas des vieux potes qui pourraient te donner un coup de main ? Sinon, au moins, sors, marche, te languis pas comme ça.

À la télé, Mike finissait la dernière couche de thermolaquage d'une Ford Shelby de 68.

Mon père a encore pris un temps fou pour répondre, comme si le poids du monde ralentissait sa réflexion, puis, après une grande inspiration où se concentrait tout son désespoir, il a finalement dit :

— Je te remercie fiston, je te promets que je vais pas rester longtemps. Je vais rebondir, et ouais, pourquoi pas marcher un peu, ça me ferait sûrement du bien.

On est repassé sur *La Petite Maison dans la prairie*, en regardant un épisode que je n'avais pas revu depuis que j'étais gamin. Je réalisai que Charles, le père, grand, bouclé et doté d'une parfaite morale chrétienne, avait eu une vraie influence sur mon éducation. J'avais dû l'associer à une figure paternelle car à chaque fois que je revoyais sa gueule d'ange, une partie de mon cerveau ne pouvait pas s'empêcher de penser : « Quel homme ! » Et, même si j'avais désormais conscience de sa ringardise légendaire, je restais très admiratif. Je comprenais d'ailleurs mieux certains aspects de Bobby, ses préceptes moraux, son code de conduite exemplaire, tout ce qui m'agaçait chez lui venait de là, de cette putain de téloche, l'éducation service public…

Coincé dans le canapé avec mon père biologique, je me suis demandé si je l'aurais échangé contre mon père cathodique. Je me suis imaginé vivre à la campagne, au début du siècle dernier, elle aurait pu être ma femme, j'aurais travaillé à la ferme, on aurait été heureux. Ça y est, j'étais reparti. Au bout d'un long moment, j'ai demandé :

— Pa', t'aimes bien Charles Ingalls ?
— Je l'adore, c'est mon héros.

J'étais pas son fils pour rien. J'ai continué à penser à elle, on se verrait dans une semaine, elle m'avait donné rendez-vous à la Bastille.

IV

La veille de notre rendez-vous, mon père s'était encore endormi ivre dans le salon, la télé allumée. Il ronflait si fort que j'avais préféré ouvrir une fenêtre, j'en avais besoin, l'odeur de bière éventée me donnait envie de vomir et je ne trouvais pas le sommeil. Je regardais les lumières de la ville qui, je ne sais par quelle réflexion, se retrouvaient projetées sur mon plafond. Toutes les couleurs étaient là : le jaune mélancolique des lampadaires, le blanc agressif de certains phares xénon et les feux de circulation tricolores qui rythmaient mon insomnie. Les bruits de la faune nocturne aussi, la rumeur du quartier ; les coups de frein crissants, l'accélération des TMAX, les « hé vas-y, attends-moi » hurlés à travers la rue, les zonards de l'épicerie qui jusqu'à trois heures du mat' cherchent encore et toujours une clope, une feuille, un feu, une canette ou un peu de compagnie. À quatre heures, je pensais encore à elle, le chemin parcouru, l'influence énorme qu'elle avait eue dans mes choix récents sans même le vouloir, le savoir.

Je calculai savamment qu'il me restait neuf heures avant notre rencontre, si je pouvais m'endormir vite, arrêter de regarder les lumières sur mon plafond…

Les yeux fermés, toujours la même appréhension, comment je réagirais en la voyant ? J'ai cherché un peu de confiance, quelque part en moi. C'est là qu'il a débarqué des méandres de ma psyché, des limbes de mes peurs conscientes et inconscientes.

— Tu veux pas essayer de te détendre ?

— J'y peux rien, c'est comme ça, j'appréhende, qu'est-ce que tu veux que je te dise ?

— J'ai un super conseil.

— Je t'écoute.

— Faut pas que tu croives…

— Que tu croies, déjà.

— Oui, que tu croies que tu peux réussir ou pas réussir, il faut oublier ça, faut rien attendre, fais comme si t'allais voir une copine, ou même un copain, fais comme si c'était Jeff.

— Facile à dire.

— Et pas si difficile à faire ! Il faut juste pas que tu te dises : « On va se rouler des pelles », ou « Ça va être trop bien », ne t'attends à rien, un truc banal quoi.

Je n'ai rien répondu.

— Mais tu m'écoutes ou pas ?

— Oui oui, je vois ce que tu veux dire.
— Tu veux bien essayer ?
— Oui Bobby, oui. Je vais essayer.

J'ai réussi à m'endormir vers six heures, juste avant le lever du jour. Mon père s'est réveillé deux heures plus tard, ce qui n'était pas dans ses habitudes. Après avoir pris une douche, il a claqué la porte sans considération pour mon sommeil. Je l'ai maudit jusqu'à me rendormir.

Il était à peine dix heures quand quelque chose est venu me lécher le visage, et j'ai découvert avec horreur un petit chien à la gueule ratatinée, avec des yeux noirs tout ronds et qui, entre deux canines jaunies, exhalait un souffle fétide en grognant d'excitation.

— Mais ! C'est quoi ce bordel ?

— Oh bah t'es réveillé ! Eh bien, je te présente Mandita. C'est le même que dans *Men in Black*, t'as vu ?

— Mais qu'est-ce qu'il fout là ?

— Qu'elle, c'est une fille, enfin une vieille dame plutôt. Une amie m'a demandé de la garder, une amie qui me plaît bien, si tu vois ce que je veux dire.

— Et tu t'es pas dit que ce serait sympa de m'en parler avant ?

— T'as toujours adoré les chiens, qu'est-ce que tu racontes ? Je pensais que ça te ferait plaisir.

CHAPITRE 12

Second rencard

J'avais peu dormi mais la simple idée de la revoir me conférait une énergie, et surtout un stress que j'essayais de calmer par un apport déraisonnable de nicotine. J'allais être cet homme, confiant mais pas trop, drôle et respectueux, fort mais qui connaît ses faiblesses, intéressant mais jamais condescendant, celui dont tout le monde rêve. L'important n'était pas de réussir en tout point mais de tendre vers cette idée, car oui, comme le disait Bobby, « on choisit qui on veut être ». On s'est répété ça des centaines de fois, un mantra de quatre heures. J'ai fait des pompes avec lui sur le dos, des abdos pendant qu'il martelait mon ventre de ses petits poings, des squats avec lui sur les épaules, puis on est allés courir, je me suis blessé au mollet, j'ai boité pendant une semaine mais l'état d'esprit était le bon. Elle avait changé le rendez-vous à la Bastille pour le Jardin des Plantes et la galerie de l'Évolution. Il fallait qu'elle voie les baleines, elle m'expliquerait.

J'ai plusieurs fois senti comme une perte de bravoure en l'attendant mais je l'ai refoulée de toutes mes forces. Bobby est apparu quelques secondes pour faire du shadow-boxing, les exercices de la matinée l'avaient rendu combatif, sur le chemin il a insisté pour qu'on se fasse les trois premiers *Rocky* en rentrant.

— Et si on rentre avec elle ? On va pas lui infliger ça, hein.

— Qu'est-ce qu'on a dit ? On se pose pas ces questions, t'es fou toi, on y va sans rien attendre.

Elle est arrivée sans me voir, je l'ai vue m'attendre, me chercher du regard, un coup à droite, un coup à gauche, vérification de l'heure sur son téléphone. Je me suis avancé vers elle qui était devant les grilles, derrière se prolongeaient les jardins symétriques. Elle m'a vu presque au dernier moment. En croisant son regard, j'ai fondu un instant. On s'est salués, deux bises, quatre joues froides. Elle m'a assez vite demandé comment s'était déroulé mon voyage. J'ai dû mentir, ce que je n'aimais pas faire, je suis resté évasif et j'ai essayé de ne pas perdre toute ma confiance en le faisant. J'ai vite réussi à changer de sujet : pourquoi ce musée ? C'était pour une commande d'une marque qui lui demandait de faire des patrons de pulls pour enfants, la direction artistique consistait surtout en l'emplacement d'un grand mammifère au milieu du vêtement. On a longé les pelouses bien taillées, je lui ai proposé ma veste parce qu'elle ne portait qu'un T-shirt, elle l'a refusée, je n'ai pas insisté.

On s'est promenés parmi les statues d'animaux à taille réelle, elle est restée plusieurs minutes à contempler l'éléphant, tournant autour. Sur un calepin, elle esquissa un œil en quelques traits, elle ne cherchait pas à faire une reproduction fidèle, elle avait donné à l'œil un air malicieux. Le musée avait l'atout d'être un endroit silencieux, on se parlait à voix basse, ce qui créait une illusion d'intimité. Elle a continué ses croquis, quand elle ne dessinait pas elle mordillait le bout de son crayon. Arrivés à la salle des baleines, nous étions chacun d'un côté de l'immense squelette, on avançait de vertèbre en vertèbre, je la contemplais à travers la cage thoracique du cétacé sur plusieurs mètres. J'aurais aimé qu'on marche entre les baleines pendant des heures encore, enfin trouver le courage pour… Je l'embrasserais, et là, elles chanteraient une dernière fois, comme elles le font tous les ans en août au large du Canada.

— Pas du tout, c'est en automne la reproduction des baleines bleues, rappelle-toi.

Bobby était avec moi depuis la première salle des mammifères terrestres, il ne disait pas un mot si ce n'est pour me corriger, ou m'apprendre des choses que j'avais oubliées et que je répétais très fièrement.

— Tu sais pourquoi les flamants roses sont roses ?

Mais elle connaissait souvent la réponse, oui à cause des crevettes qu'ils mangent... Entre les girafes et les hippopotames, j'ai essayé de lui prendre la main, elle l'a retirée délicatement et m'a regardé, un peu amusée. Je ne savais pas comment l'interpréter, alors j'ai décidé de ne pas trop y penser. On est restés deux heures ensemble, en passant le portique de sortie j'ai insisté pour qu'elle me donne un de ses dessins et qu'elle le signe.

— Maintenant j'ai ton prénom !

— Ah ! j'avais oublié, tu m'as eue.

— C'est joli.

— Original et peu porté.

Sous l'œil de l'éléphant elle avait écrit Inaya.

— Mes amis m'appellent Yaya.

II

On est rentrés en marchant, j'avais des crampes au mollet, Bobby se moquait de moi en boitant exagérément.

— Mon préf' de tous les *Rocky*, je crois que c'est le deuxième, hein.

— T'es fou Bobby, le meilleur c'est le premier.

— Mais dans le premier c'est un gros nazebroque.

— Au début, mais après il rencontre Adrian, renoue avec Mickey et là, il trouve la force de combattre, et de gagner.

— On aurait dû faire de la boxe, de l'anglaise.

Je me suis marré. J'ai repensé à toutes les fois où à son âge, dès la fin du film, je combattais le vent, m'écroulais au sol, me relevais au bout de neuf secondes et reprenais le combat, crochet droit, uppercut gauche au ciel.

— On va la revoir bientôt, tu crois ?

— J'espère bien. On va y arriver, tu sais. Je vais l'aimer, petit Bob, l'ambition ça se perd et ça se retrouve mais je pense sincèrement que c'est pas le plus important. Elle me rend tellement fort, quand je suis avec elle, je le sens ! Je vais l'aimer comme une montagne aime l'éclat pur de la neige sur son sommet, je vais l'aimer comme un océan aime fièrement les mille couleurs de ses coraux, comme un petit garçon aime le samedi matin, comme un vieux aime sa vieille. Je vais la rendre joyeuse, heureuse, comblée, peu importe comment tu veux le dire, j'ai pas les notions, juste l'envie énorme et le cœur prêt. Je suis à fond, mon gars.

— Ça commence à me plaire.

III

Mon paternel n'était pas sorti de la journée, il s'était remis à cloper comme en témoignaient les mégots dans les bouteilles en verre qui traînaient un peu partout. Il était ravi de me voir et particulièrement excité à l'idée de regarder les trois premiers *Rocky*. On a commandé des pizzas, Mandita a terminé les croûtes. C'était une belle soirée, nous quatre dans un nuage de fumée, nos visages admiratifs éclairés par la seule lumière de la télévision. Six heures d'affilée où je n'ai fait que penser à elle. Vers deux heures du matin, on est allés sortir la chienne, il m'a raconté qu'il y avait une possibilité d'amourette avec Catherine, la maîtresse. Il a bien entendu explosé de rire en disant « la maîtresse ». Ensuite, il m'a demandé si je voyais quelqu'un. J'ai répondu, un peu confus, et sûrement par superstition, que je voyais une fille qui me plaisait mais que j'avais aucune idée de si c'était réciproque, ou si ça marcherait un jour. Il m'a écouté sans rien dire, avant de hausser les sourcils d'étonnement et d'avouer : « Ça a l'air compliqué, ton truc. » J'ai failli lui parler de Bobby mais je ne voulais pas qu'il s'inquiète. On a fait un grand tour de pâté de maisons. Mandita agitait sa queue en tire-bouchon, reniflait tous les arbres, elle semblait épanouie. Il n'était pas près de partir, je le savais, je m'étais fait à l'idée. De toute façon, sans lui et ma mère, je n'aurais jamais pu signer le bail de location. Je lui étais redevable, il était seul, il fallait que je sois là pour lui. La cohabitation est tout de même devenue compliquée, au bout de quelques semaines je ne le supportais plus, il me renvoyait une image que je ne voulais plus voir. Au lieu de me fâcher, je suis parti.

CHAPITRE 13

Conseil d'ami

Je suis allé squatter chez Jeff quelques semaines. Il avait terminé son album, et passait son temps à acheter toutes sortes de machines d'électroménager inutiles.

Il m'expliquait que beaucoup de ses acquisitions l'aidaient à ne plus boire, à ne plus même y penser. Il investissait dans un nouveau style de vie, plus sain, plus moderne, « plus en phase avec le monde d'aujourd'hui », il a osé me dire. J'ai donc gardé mes petits commentaires anticonsuméristes/écolos pour moi.

Il a commencé sa présentation avec ce qu'il nommait « la Rolls de l'extracteur à jus », un Davidson Angel 7500, capable de dissoudre un ananas en moins de trente secondes, centrifugeuse autonettoyante et bec verseur amovible. Il n'en était pas peu fier. Il a enchaîné sur sa machine à café en acier inox avec écran tactile, douze différents choix de café, moulin électrique intégré. Puis est venu le tour de son four à vapeur à haute pression et commande vocale, « Le problème, c'est que dès qu'il y a un truc à commande vocale, je l'insulte, j'y peux rien, ça me détend ».

Il avait en permanence un verre de quelque chose à la main, sa manière de compenser. Il me disait, « Tu sais, j'ai découvert que ce que j'aimais dans le fait de boire, c'est en fait l'action de boire, de déglutir, d'avoir un bon truc à avaler, la sensation du liquide qui coule le long de ma gorge... Et efface ton sourire, là. Je pensais que j'aimais boire de l'alcool mais non, c'était par pure convention que je buvais de l'alcool, ce que j'aime, c'est boire, tous types de boissons. Décoctions, jus, d'ailleurs regarde, je fais mon propre soda au gingembre, et bio s'il te plaît, je le fais importer d'une petite province du Bangladesh ». Il pouvait continuer comme ça pendant des heures avec son électroménager de luxe et ses breuvages inédits. C'était sa force, il pouvait se convaincre de n'importe quoi, ça, et son pognon bien sûr.

J'écoutai l'enregistrement de son dernier album avec plaisir, du rock pur, textes efficaces, ou dégoûtants pour ceux qui ne pouvaient pas le comprendre.

Il l'avait enregistré chez lui, dans son petit studio aménagé en sous-sol, à côté de la salle de sport où traînait une dizaine d'autres machines neuves. Il proclamait fièrement n'être jamais monté sur une seule et ne jurait que par sa dernière acquisition, la ceinture abdominale à électrostimulation, « la dernière fois, je l'ai oubliée pendant six heures, je composais, je grattais Denise, ma Strato, j'étais obnubilé par mon truc, tu vois. À la fin de la journée, je l'ai quand même enlevée, je me dis "rien de grave" même s'ils disent de ne jamais la porter plus d'une heure mais au moment de dîner, je te raconte pas, mes abdos se sont remis à vibrer, sans rien, d'un coup d'un seul, ça s'arrêtait pas, le délire. Après, j'ai eu des crampes d'estomac d'une douleur intersidérale, j'ai cru que j'allais accoucher d'un gros abdo, genre qui sortirait de mon cul, une grosse boule de muscle. Le lendemain je pouvais pas respirer sans douiller. Depuis, je fais gaffe. Mais mate ce ventre, s'il te plaît. Je suis une bête, je pourrais jamais me remettre à boire, c'est trop beau ».

On riait beaucoup, j'aurais aimé le rencontrer plus jeune, partager son insouciance, et son sens du non-conventionnel à l'adolescence m'aurait ouvert des portes immenses sur la vie.

Lui ne cherchait pas être différent, il était par nature inadapté. S'il n'avait pas eu la chance de connaître le succès, il aurait sûrement fini en prison ou à la rue. Il était incapable de compromis, c'était un poète moderne, un Arlequin électrique, avec une âme en distorsion, et un cœur plein de réverb'.

II

Au même moment, on s'est mis à échanger par sms avec Yaya, d'abord des banalités, mais assez vite j'ai osé un « Je pense à toi » qui resta longtemps seul et sans réponse, ou sans celle que j'espérais. Je restais positif, je l'avais attendue des mois, j'étais prêt à patienter beaucoup plus longtemps. Parfois Jeff, à la terrasse d'un café, m'attrapait violemment le bras pour me montrer au loin ce qu'il nommait « une créature très érotique ». Je ne lui trouvais jamais rien. Frustré que je ne partage pas ses goûts, il me traitait invariablement de pédale, ce qui me faisait toujours sourire, surtout qu'il le disait fort et que les gens se retournaient vers lui, « c'est affectif » répondait-il aux regards insistants. Celui qui osait y aller de son petit commentaire se faisait traiter de sale ivrogne. Qu'il boive un café ou de l'alcool, il les traitait toujours d'ivrognes. (Il avouait lui-même faire une sorte de complexe de supériorité depuis qu'il avait arrêté de boire.) Il restait tout de même plein d'encouragements pour Yaya et moi, me donnait toujours les pires conseils du monde en étant très sérieux (lui envoyer des photos de mon pénis, lui faire une déclaration d'amour sur un bateau-mouche, lui offrir un extracteur à jus, un Davidson Angel 7500, car y a pas plus belle preuve d'amour).

J'ai revu Yaya deux semaines après notre dernière rencontre. J'avais l'impression de toujours tout recommencer à zéro, il n'y avait rien d'acquis dans notre relation, ou alors si, les prémices d'une amitié qui me terrifiait. Je voulais tellement plus mais à chaque fois que j'essayais des gestes affectueux, elle se dérobait, quand je la complimentais sur sa beauté, elle se renfermait sur elle-même. Je devais toujours cacher ma joie de la revoir, refrénant des sourires boostés d'endorphines à chaque fois que mes yeux croisaient les siens.

Le seul point positif, qui me permettait encore raisonnablement d'y croire, c'est qu'une fois sur quatre, la proposition de se revoir venait d'elle. On se retrouvait alors au parc Montsouris, proche de son bureau, où elle dessinait principalement. J'avais bien dû, moi aussi, trouver quelque chose lorsqu'elle mentionna son métier (j'avais réussi à échapper, lors de nos derniers rendez-vous, à ces questions pleines de bon sens mais cette fois j'étais coincé). J'ai immédiatement fait un complexe, je n'avais rien fait depuis tant d'années. Comme j'avais commencé à écrire un texte sur elle en atelier d'écriture pendant ma cure, lorsque fatalement elle me posa la question je répondis « j'écris » puis tricotai un truc en parlant d'une histoire que j'espérais bientôt terminer. J'ai précisé que je ne gagnais pas d'argent grâce à l'écriture mais que j'en avais un peu de côté, j'ai mentionné ma phalange perdue, elle n'a eu aucune réaction de dégoût, elle était même un peu curieuse, alors je lui ai expliqué en détail l'accident de massicot. Elle m'a ensuite demandé sur quoi j'écrivais, j'ai improvisé à moitié en disant que c'était une histoire d'amour pas banale et j'ai fini en lui promettant qu'elle pourrait la lire une fois terminée. J'ai gardé pour moi qu'elle en était le personnage principal, toujours par crainte qu'elle prenne peur.

Nos promenades au parc suivaient invariablement le même parcours : depuis l'entrée située côté Cité universitaire, nous faisions un tour complet avec un arrêt forcé par les points d'eau où elle prenait la tête aux gens qui nourrissaient de pain les canards, « Ça vous semble naturel, vous, qu'un canard mange du pain ? ». Cette question me faisait toujours sourire, son ton ne perdait jamais en intensité, elle me surprenait à chaque fois par sa charge émotionnelle. On sentait que c'était un combat qu'elle menait depuis longtemps et qu'elle savait sans fin. Quand il s'avérait que c'était un récidiviste qu'elle avait vu la veille, elle enrageait, elle lui hurlait dessus en listant les conséquences désastreuses de ses actes, citant des articles lus sur Internet et qu'elle avait fini par apprendre par cœur à force de les répéter.

Est arrivé un jour, peut-être six semaines après nos dernières retrouvailles, où au moment de se quitter, on s'est pris dans les bras. En temps normal, cette embrassade ne durait jamais plus d'une seconde mais cette fois-ci, elle continua plus longtemps et je la surpris même posant la tête sur mon épaule et fermant ses yeux pour une seconde. Peu de temps après, elle m'invitait chez elle pour la première fois, à prendre le thé.

III

Rue de l'Université, au numéro neuf, quatrième étage, porte de gauche, un grand bordel plein de vie. Elle est partie mettre un jogging et m'a laissé le soin de préparer nos infusions : « Y a une bouilloire quelque part. »

Après deux minutes de recherches, je l'ai dénichée sous une chemise de mec, j'ai vite chassé les mauvaises idées en me disant qu'elle avait pu la prendre à son père, à son ex, à un ami très platonique… Trouvant l'évier plus facilement, j'ai dû faire de la place dans la vaisselle sale pour y glisser la bouilloire et la remplir. J'ai ensuite abandonné l'idée de mettre la main sur deux tasses propres, et fait de la place sur un tabouret chargé de vaisselle sale pour m'asseoir.

Dans son double salon qui devait faire quinze mètres carrés, il y avait, d'un côté, face à une fenêtre, un chevalet vide entouré de tubes de peinture gisant par terre sur quelques chiffons, des bouteilles d'eau coupées en deux, remplies de pinceaux sales. De l'autre côté, une table à dessin moderne avec, dessus, des dizaines de croquis, où figuraient une baleine, un éléphant, une girafe. Des piles de livres semblaient pousser du sol et son canapé, en plein milieu de la pièce, aurait pu servir de dressing tant il était recouvert de vêtements.

Elle a commencé à ranger sa cuisine comme une tornade nettoie une ville. Elle rangeait dans l'idée, non pas de ranger, mais de faire de la place. Elle jetait tout en l'air, les affaires sales qu'elle lançait dans un coin de la pièce, les emballages de carton ou de plastique qu'elle envoyait valser dans un autre. Elle empila la vaisselle jusqu'à ce qu'elle forme une tour, elle prit ensuite la poubelle, qu'elle plaça sous le plan de travail, et avec sa main libre poussa le reste des détritus directement à l'intérieur. En cinq minutes, le désordre de sa cuisine semblait s'être également réparti dans le reste de son appartement.

— Le bordel me rassure. Et pour être tout à fait honnête, j'ai pas l'habitude de ramener des garçons chez moi…

— Je m'en fous, je te jure, sois pas gênée.

Elle a versé l'eau dans nos tasses (trouvées au fond d'un tiroir), j'étais face à elle. Le soleil se découvrait pour passer par la fenêtre, éclairant un carré jaune sur sa petite table en bois, ainsi que la fumée de nos boissons brûlantes et le bas de son visage. J'approchais ma main de la sienne quand elle la retira soudainement.

— Du sucre, tu veux du sucre ?

— Non, ça va.
— Moi je vais en prendre un peu.

Elle restait inatteignable. Cela faisait presque deux mois que l'on se voyait au moins une fois par semaine. Je ne comprenais pas ce qu'elle cherchait ou attendait de moi. Mis à part cette étreinte légèrement plus longue que d'habitude, il n'y avait pas eu, au final, de signe vraiment encourageant.

Après deux semaines chez Jeff, je suis rentré chez moi, mon père y était moins souvent, il s'était rapproché de son amie Catherine, je ne l'avais pas vu aussi comblé depuis longtemps. Il n'arrêtait pas de me parler d'elle, il n'arrêtait pas de boire non plus. Je l'écoutais, la plupart du temps avec plaisir.

Bobby ne m'était pas apparu depuis quelque temps, conséquence de mon rapprochement avec Jeff en compagnie duquel je passais presque toutes mes journées. Ça me faisait du bien de pouvoir parler à quelqu'un de vrai, et surtout d'entendre une autre pensée que celle de mon enfance. Je lui parlais beaucoup d'elle. Jeff avait bien essayé, au début en tout cas, de relativiser son importance en évoquant la grande diversité de femmes, de corps, de sensualités existant dans ce bas monde. Il soutenait que la véritable beauté n'existait que dans la pluralité et les différences, que ne vouloir qu'une seule femme c'était cracher à la gueule de l'univers et de la génétique. Sa théorie de biologiste érotomane me laissait complètement indifférent. Je maintenais que c'était hors de ma volonté, que c'était elle ou rien. Il me disait obsessionnel, j'essayais tant bien que mal de m'en défendre mais je savais qu'il avait raison. À la fin, il a semblé comprendre, « T'es amoureux, t'es amoureux mon gars ! Y a rien de pire, pas de cure pour ça, comme disait Diana ».

Je commençais à désespérer. Jeff m'avait convaincu de tenter un dernier coup, avant de tirer un trait sur cette histoire. Il disait que j'allais me faire du mal sinon, que les déceptions et les échecs sont les deux piliers du plongeoir duquel on resaute dans la bouteille.

« Écoute, mon vieux, tu vas lui proposer un week-end dans le Midi entre amis, je viens avec vous si tu veux ! Je vais ramener la petite Tiffany qui m'adore, on va tous dans ma baraque, ils prévoient un grand soleil la semaine pro, je dirai à Yves de débâcher la piscine, de foutre le chlore et tout le délire, et là, dans un cadre qu'on qualifierait d'idyllique, tu vas lui fourrer ta vilaine langue dans la bouche et vous allez vous aimer très fort. T'en penses quoi ? »

J'étais d'accord, à condition que lui et Tiffany nous accompagnent. J'ai donc profité de ce moment chez elle pour le lui proposer et elle a accepté. C'est comme ça qu'on s'est tous retrouvés gare de Lyon, un vendredi de mai, en fin d'après-midi.

CHAPITRE 14

Deux jours pour lui dire

Assis dans deux voitures différentes, j'ai retrouvé Jeff au wagon-bar quand Yaya s'est endormie. Je l'ai regardée de longues minutes avant de le rejoindre, avec une fascination que je n'avais, pour une fois, pas besoin de dissimuler ; je jalousais la fenêtre qui lui servait d'appuie-tête, mon épaule bien inutile. Elle dormait la bouche entrouverte et à chaque nouveau souffle, quelques cheveux indisciplinés virevoltaient devant elle pour mon plus grand bonheur, j'admirais même ses yeux fermés, ses paupières qui se plissaient avec la plus grande délicatesse dès qu'un rayon furtif de lumière venait s'y poser.

Jeff faisait la queue en regardant les commentaires YouTube inscrits sous ses clips vidéo. Il répondait aux mauvais avec un plaisir non feint. « Ce fils de pute d'ivrogne qui ose dire que mes textes sont à chier… »

— Tu prends quoi ?

— Une seize, dis-je pour déconner (nos blagues du moment).

— Seize cafés, sinon ? On peut mourir d'avoir bu seize cafés, non ?

— Je crois que c'est comme ça que Zappa est mort.

On a commandé nos cafés puis on est restés debout dans le wagon, jusqu'à ce qu'il me propose d'aller fumer une clope.

— Quoi, aux toilettes ?

— Bah ouais, café sans clope nul nul nul.

— On n'a plus l'âge, arrête…

— Allez, fais pas ta timorée. J'y vais en premier, je ferme derrière moi, et tu fais deux tocs rapides quand t'arrives pour me dire que c'est toi.

Il est entré en premier, j'ai attendu et fait notre code secret, il a déverrouillé la porte sans l'ouvrir et je me suis faufilé. Assis sur les toilettes, il mélangeait son tabac avec des petites boules vertes.

— Tu fais quoi ?

— Je roule un joint, tu connais ? T'as jamais fumé ?

— Mais arrête tes conneries !

— Tu devrais essayer.

— Ah non, j'ai pas arrêté de boire pour me droguer ! Ça va pas du tout, et puis, en cure, ils disaient qu'il fallait surtout pas que toutes les addictions et les drogues se rejoignent.

— Oui, ils l'ont dit, oui. Tu peux appeler ça de la drogue si tu veux, moi j'appelle ça des plantes.

— Non mais Jeff, fais pas ça s'il te plaît. Et puis dans ce cas, la vodka, c'est de la pomme de terre, le cidre, de la pomme, le vin, du raisin, ça veut rien dire ton truc !

— Écoute, l'herbe a sauvé un max d'alcooliques, je suis désolé, ils peuvent te raconter les âneries qu'ils ont apprises par cœur dans leurs bouquins, les toubibs, j'ai des milliers de contre-exemples d'anciens alcooliques qui sont justement pas retombés dedans grâce à l'herbe.

— Je t'écoute.

— Un grand réalisateur américain dont j'ai oublié le prénom, et mes deux tantes Marcelle et Sylvette.

— Hyper convaincant.

— Fais ce que tu veux.

— Ça d'accord mais moi, je peux décemment pas te laisser faire ce que tu veux.

— Tu sais, je fumais même en cure et je suis pas retombé alors fais-moi confiance.

J'ai finalement tiré une taffe sur son machin et je me suis mis à cracher mes poumons. Il a souri derrière un écran de fumée, je lui ai rendu son fumigène. Il a continué à tirer dessus en se recoiffant tranquillement devant le miroir. J'avais peur qu'on se fasse attraper alors je l'ai laissé. J'ai fermé la porte rapidement pour pas que trop de fumée s'échappe. Au bout de quelques secondes, j'ai réalisé que j'avais la tête toute légère et que mon corps était mou, impossible de solliciter le moindre muscle, je pouvais à peine tenir mon portable dans la main. J'ai eu peur que Yaya me voie dans cet état mais quand je suis revenu à notre place, elle dormait encore. J'en ai profité pour faire la même chose. Je me suis réveillé avant elle, bien plus fatigué que lorsque je m'étais endormi, mais les effets avaient presque disparu. Quand on est arrivés en gare, j'ai tapoté sa cuisse pour la réveiller mais elle n'a eu aucune réaction. Elle restait parfaitement statique. J'insistai avec tendresse, serrant un muscle de sa cuisse deux, trois fois d'affilée, mais rien. D'un coup, je me suis rappelé l'épisode du café, notre première rencontre. Un million de messages nerveux ont parcouru mon esprit encore enfumé pour faire une simple liaison entre les deux événements. J'essayai son autre cuisse, toujours pas de réponse. Je secouai gentiment son épaule mais rien non plus. Finalement, je lui chuchotai à l'oreille : « Yaya, on est arrivés » et elle émergea doucement, bâillant avec la grâce d'une lionne.

— Quand tu dors, tu dors profondément, toi.

— Comment ça ?

— J'ai eu du mal à te réveiller. Je t'ai serré la cuisse, secoué l'épaule, aucune réponse.

— T'as fumé ou quoi ? T'as les yeux tout plissés !

— Ouais avec Jeff, aux chiottes.

— Bande de gamins. Aide-moi à prendre mon sac là-haut, s'il te plaît.

II

La Méhari jaune pétant de Jeff était garée à moins de cinq cents mètres de la gare. Il la démarra à l'aide d'un coup de cric directement dans le moteur qu'il avait bidouillé pour ne pas avoir de problème de batterie. Il nous a filé des couvertures qui puaient l'essence, « avec le mistral et la voiture ouverte, on se les caille vite ». Yaya n'en a pas voulu, prétextant qu'elle n'était pas frileuse, je m'y emmitouflai volontiers pendant que Jeff changeait de vêtements pour être assorti à sa voiture, lunettes de pilote des années cinquante, béret en cuir et redingote beige, accessoires qu'il sortit du coffre et qu'il ne portait que pour conduire. Il nous a fallu une demi-heure pour rejoindre la maison, on ne pouvait pas s'entendre à cause du vent, alors on se parlait un peu avec les yeux, Yaya et moi.

La maison était luxueuse et sans personnalité, complètement à l'inverse de Jeff qui, lui, avait une immense personnalité et une apparence souvent désastreuse. Il avouait sans complexe avoir fait appel à un décorateur pour qu'il reproduise à l'identique des pages entières de *Marie-Claire Maison*, se justifiant par le fait qu'il était célibataire et que la décoration d'intérieur était une affaire de gonzesse, Yaya lui a répondu que sa connerie était par contre une affaire très masculine, Jeff a acquiescé en se marrant.

Pour résumer, le salon était un trop-plein de peaux, pelages synthétiques partout, du blanc à poils longs, du brun à poils ras, sur les chaises, au sol, cet imbécile de Jeff était ivre quand il avait choisi de reproduire un salon de chalet d'un numéro spécial hiver, dans une région où l'on atteignait les quarante degrés en été.

Jeff nous a fait visiter les chambres à l'étage, la sienne avait un côté Tony Montana, mélange de laque noire et de marbre, avec un lit et une baignoire gigantesques. J'installai mes affaires dans la chambre la plus éloignée de la sienne, sans rien dire à Yaya pour lui laisser le choix de venir avec moi. Elle posa son sac dans le couloir, ce que j'interprétai comme un signe moyennement bon.

III

Jeff et Tiffany ont prétexté une sieste alors on s'est retrouvés seuls, Yaya et moi. Elle voulait se balader, j'ai accepté en sachant que le vent qui soufflait en continu m'enlèverait tout le plaisir de marcher. Elle avait mis un foulard dans ses cheveux, un vieux carré Hermès aux motifs kitsch et colorés, ce qui la vieillissait d'à peu près quinze ans tout en lui conférant des airs de diva italienne.

— C'était à ma mère et c'est marrant que tu dises ça parce que la mère de ma mère, ma grand-mère, était napolitaine.

— J'adore.

— Menteur.

— J'adore tes cheveux aussi.

— Ça fait longtemps qu'ils sont ensemble, Jeff et Tiffany ?

— Ils sont pas ensemble.

— Ah. Bizarre.

— Pourquoi ?

— Je sais pas, inviter une fille avec qui c'est pas sérieux pour un week-end, c'est bizarre.

— Tu trouves ?

— C'est pas un truc que je ferais, en tout cas.

Je suis resté silencieux. Je me censurais, taisant toutes les interrogations qui me venaient en tête. Ce n'était pas le moment. Je l'avais pourtant emmenée ici pour cette raison précise, lui dire ce que je ressentais, mais dans ma tête cela sonnait comme un aveu, ou faux ou mal. Certaines de ses réactions potentielles me terrifiaient aussi. Bobby est arrivé à ce moment-là pour me rappeler qu'en mandarin les mots « échec » et « opportunité » ne font qu'un. « Bah je suis pas chinois », j'ai répondu.

— De quoi ? m'a-t-elle demandé

J'aurais juré avoir seulement pensé la phrase.

— Non, rien.

On a traversé un village de pierre avec son petit clocher et sa mairie qui servait aussi d'école. Des bambins hurlaient joyeusement dans la cour.

On a marché jusqu'à des champs dont j'étais incapable de reconnaître les cultures. On allait face au vent, il sifflait dans mes oreilles avec la même intensité. Le bruit se mêlait à des questionnements sans fin, je devenais fou. J'ai imaginé m'arracher la gueule et taper dedans, voir jusqu'où elle irait avec ce mistral. J'entendais Bobby, comme un écho dans ma conscience, qui me traitait de lâche : « Qu'est-ce que t'as à perdre ? », « Dis-lui que tu l'aimes bien ! ». J'énumérais des phrases toutes faites, « Yaya, j'ai des sentiments pour toi », déclaration en demi-teinte. « Je t'aime, je pense à toi en permanence, je voudrais qu'on partage une existence », déclaration prétentieuse avec rime à effet. « Tu veux devenir ma copine ? », demande enfantine, possessive, égocentrée. « Je te kiffe » était peut-être ma préférence absolue, mais c'était la plus lâche, qu'on pouvait interpréter de façon tout à fait amicale. J'avais encore deux jours pour lui avouer ma faiblesse, « J'ai un faible pour toi », aussi vieillot qu'adorable… mais il fallait que je sente le moment. J'ai renvoyé Bobby au silence, sachant que, lorsqu'il reviendrait à la charge, il serait plus terrible.

Notre balade nous a conduits vers une garrigue, où des chênes verts étaient plantés à perte de vue. On a suivi une route de terre quelque temps avant de s'enfoncer sur des chemins plus étroits. Le vent est passé derrière nous, il nous poussait allègrement, il n'y avait qu'à tendre la jambe et son souffle puissant finissait notre pas sans qu'on ait aucun effort à faire. À un moment, Yaya a arraché une plante sauvage pour la frotter entre ses mains et me les a fait sentir. Une forte odeur de thym m'a chatouillé les sinus, je me suis retenu de tout geste avenant, mais le pouvoir érotique de la situation m'a troublé pendant de longues minutes. Je me suis imaginé lui attraper la mâchoire et l'embrasser, pensant soudain que passer à l'action vaudrait mieux qu'une déclaration, mais j'en étais incapable, j'anticipai aussitôt son rejet et je ne pouvais pas le supporter.

Après presque deux heures de marche, on est rentrés. Le soleil finissait sa course vers l'horizon violacé, il prenait son temps. Des nuages effilés, au loin, reflétaient des teintes jaune et orange. Le vent s'était un peu calmé, on pouvait entendre le murmure des grillons. Je continuais mes équations sentimentales : vouloir davantage, c'était prendre le risque de tout perdre. Comment lui dire ?

IV

Jeff et Tiffany avaient fini leur sieste et fumaient un joint dans le salon.

Il était écroulé par terre sur une fausse peau de bête, les bras en croix, ses yeux rougis étaient fermés aux trois quarts. Elle semblait bien moins atteinte. Elle se tenait droite, les jambes croisées, sur le bord du canapé. Alors qu'il paraissait amorphe, il s'est levé d'un coup, a tapé dans ses mains et a demandé à Yaya, « Tu veux boire un coup ? J'ai pas d'alcool, trop dangereux pour Rob et moi comme tu dois le savoir, mais j'ai plein de jus, de trucs, d'eaux pétillantes, tout ça ».

Je suis devenu rouge de honte. Il n'avait pas encore mentionné la cure, mais je n'avais jamais parlé de mes problèmes à Yaya. J'attendais, comme paralysé, sa réaction, mais rien. Elle a simplement demandé un jus. Mon cœur s'est remis à battre correctement. Jeff, toujours dans une débauche d'énergie que je ne lui connaissais pas, a attrapé du gingembre, une carotte et une pomme, et s'est mis à jongler avec pour le plus grand bonheur de Tiffany qui tapait dans ses mains en rythme. Il a épluché le tout en quelques secondes puis les a passés dans la machine, « C'est pas une 7500, c'est le modèle d'avant donc ça va prendre sept, huit minutes au lieu de deux mais bon, on n'est pas à Paris, on a le temps. Tiff, roules-en un pour nos nouveaux venus, Yaya tu fumes ? ».

Yaya avait fumé dans ses années lycée, elle n'était pas contre quelque chose de léger. Je me suis laissé prendre au jeu. On a toussé, on a ri, le continuum de l'espace-temps s'est dilaté pour créer des formes nouvelles. Lorsque Tiffany a proposé un bain de minuit, l'excitation était générale.

On est tous partis se changer et j'ai vu Yaya en maillot de bain. Mon émerveillement a pris le dessus sur mon désir, je la voyais avec les yeux de Bobby, comme une énième merveille de l'univers. Dans la pénombre, je m'efforçais de ne la regarder que dans les yeux, de garder coûte que coûte mon regard rivé au sien, par peur de chavirer. Jeff et Tiff sont partis se coucher avant nous. On est restés allongés sur un grand matelas pneumatique en forme d'arc-en-ciel. Des pipistrelles volaient près de nous pour s'abreuver dans la piscine. La nuit était dégagée, on parlait d'astronomie, elle en savait plus que moi. On a attendu de voir une étoile filante, je connaissais déjà mon vœu, mais aucune n'a traversé le ciel. Je sentais son épaule nue sur la mienne, sa hanche contre le haut de ma cuisse, et on s'est endormis ainsi, sous la lune, au son claquetant des skimmers.

Au réveil, elle n'était plus là. Et sa valise non plus.

CHAPITRE 15

Déboires

J'ai tout de suite tenté de l'appeler pour comprendre mais elle ne répondait pas, par texto non plus. Jeff et Tiff ont bien essayé de minimiser le problème, mais j'avais besoin d'être seul, je suis parti. J'ai marché quelques kilomètres avant d'appeler un taxi. Sur le chemin, je l'imaginais faire le même trajet jusqu'à la gare. À quelle heure avait-elle pu partir ? Et pourquoi ? Seul point positif, j'étais assez certain que son départ précipité n'avait rien à voir avec un mauvais comportement de ma part, ni une mauvaise parole. Je ne voyais pas ma culpabilité dans l'affaire, je la cherchais pourtant, je me repassais nos dernières vingt-quatre heures en détail mais rien. Ça devait venir d'elle…

En gare, un train partait pour Paris dans la demi-heure. À la sandwicherie, on tirait des pressions plus jaunes et pétillantes que le soleil, je répétais mon mantra, « Ne gâche rien, tu es fort, ne gâche rien ». Je me retenais aussi de ne pas la rappeler ou lui renvoyer un message. La panique laissait doucement place au désespoir, je le sentais venir comme une ombre vicieuse derrière moi, prête à m'anéantir au moindre faux pas. Je refoulais l'idée, mes forces mentales toutes rassemblées pour ne pas céder à l'émotion. J'essayais de rester rationnel : il devait y avoir une explication logique. Je n'en trouvais pas. Si elle avait eu une urgence, pourquoi ne pas me prévenir par message ?

J'allais attendre à Paris, et concentrer mes efforts pour ne rien faire de stupide ces prochaines vingt-quatre heures puis aviser.

— C'est bien, tu t'améliores, m'a dit Bobby quand je me suis assis dans le train.

— Merci, petit Bob. T'as vu, j'ai pas cédé.

— T'es resté balèze.

— J'ai peur.

— Je comprends, je serais pas bien à ta place.

— Qu'est-ce que je vais faire ?

— Tu vas te reprendre. Et elle va revenir.

— Arrête. J'ai pas besoin de ça, là…

— Je te jure, elle va revenir, et puis c'est qu'une fille…

— Mais T'EN SAIS RIEN. TAIS-TOI, TU COMPRENDS RIEN.

Mon voisin de siège s'est retourné pour me défigurer, je l'ai regardé droit dans les yeux avec fureur avant de m'excuser.

— Pardon, c'est pas à vous que je disais ça.

II

Chez moi, je m'attendais à voir mon père glander sur le canapé, mais il n'y était pas. À sa place, une odeur de propre. Il avait tout rangé, il avait même placé une petite bouteille d'eau percée au niveau du bouchon dans le pot de mon cher Shakan. J'ai pleuré. J'avais besoin de parler, j'aurais aimé qu'il soit là mais, comme l'indiquait le mot qu'il avait laissé, il était parti en Toscane avec Catherine et Mandita. Bobby m'a rassuré, en me voyant triste il avait changé de discours, il avait décidé d'être empathique. Je me suis endormi, écroulé de fatigue et de chagrin.

Le lendemain matin, toujours sans réponse ni message de Yaya, je suis allé voir Jacques, poussé par l'idée qu'il fallait retourner au point de départ, revenir à la source, au lieu de notre rencontre. Il n'était pas encore midi mais le soleil était déjà écrasant, les plus hautes températures jamais enregistrées depuis dix-huit cent soixante-quatre pour une journée de juin. Je sentais le soleil brûler ma peau, j'avançais avec peine.

Lors de notre première fois, il faisait si froid que ça me paraissait très lointain, sept mois ou plus ? Je ne pouvais pas compter, abruti et aveuglé comme je l'étais par le soleil.

Bobby est apparu avec des Aviator sur le nez et un bob beige. Il avait encore grandi, son style s'affinait. On n'a pas parlé. En arrivant au café, la terrasse était bondée, le contraste entre la foule et mon souvenir de Yaya seule au même endroit m'a sonné quelques secondes, au point de n'être plus certain de me trouver au bon endroit. L'intérieur n'avait pas changé mais derrière le comptoir, pas de Jacques.

— Il est où, Jacques ? J'aurais bien aimé le voir.

— Il est à l'hosto, je le remplace.

— Qu'est-ce qu'il a ?

— Un problème au foie.

— Quel genre de problème ?

— Le genre lié à la picole.

— Hein ? Je pensais pas.

— On est tous surpris. Personne l'a jamais vu boire ici, il faisait ça chez lui seul, apparemment.

— Il est à quel hosto ?

— Salpêt'.

— Merci.

— Salue-le de ma part, dis-lui qu'y a du monde, ça lui fera sûrement plaisir.

— Je le ferai.

CHAPITRE 16

Chaleur inhospitalière

J'ai filé à l'hosto. Je m'attendais à y trouver une climatisation revigorante, j'avais oublié que j'étais dans le public. C'était une grande serre pour malades qui végétaient, je redoublai de sueur. Je passai devant la salle d'attente, où personne ne parlait, il faisait trop chaud pour ça.

À l'accueil, le mascara de la standardiste dégoulinait sur ses cernes.

— Bonjour, je viens voir Jacques.

— Pardon ?

— Je viens voir mon ami Jacques.

— Vous pensez qu'il n'y a qu'un seul Jacques dans tout l'hôpital ?

— Bah, c'est que je connais pas son nom de famille, mais il est grand, genre soixantaine bien avancée, avec une énorme moustache vraiment imposante.

— Désolé monsieur, sans le nom de famille, je ne peux pas vous aider.

— Est-ce que vous pourriez me dire combien y a de Jacques en tout, et dans quelles chambres ils sont tous ? Je finirai bien par tomber sur lui.

— Non, je ne peux pas faire ça, je suis dans l'obligation de respecter et protéger l'intimité des patients.

J'ai fait semblant de partir, j'ai attendu qu'elle parle avec quelqu'un pour ne pas qu'elle me voie et j'ai pris le premier couloir à droite pour aller voir moi-même. L'atmosphère était pratiquement irrespirable. Quelques ventilateurs çà et là brassaient le même air chaud, les médecins avançaient comme des zombies, affaiblis et suant sous leurs masques. Toutes les portes des chambres étaient ouvertes dans l'espoir de créer des courants d'air, dans certaines ça revenait à peu près à faire un trou dans une tombe. J'ai mis deux heures à trouver celle de Jacques.

Il dormait quand je suis arrivé, son corps prenait toute la place, ses pieds touchaient la rambarde métallique du lit d'hôpital. Il dormait sur le dos, il avait l'air serein.

Son teint, plus jaune que d'habitude, était le seul signe de sa mauvaise santé.

J'ai attendu une heure qu'il se réveille, pendant laquelle j'ai vérifié si je n'avais pas de nouvelles de Yaya.

— T'as pas mieux à foutre que venir déranger un vieux con ? il m'a dit une fois qu'il m'eut reconnu.

— Non, j'ai des journées plutôt tristes en ce moment.

— Tu veux qu'on compare ? Qu'est-ce que tu fous ici ?

— Au bar on m'a dit que t'étais là, alors au lieu de me faire du souci seul, je suis venu te voir. Avant de réussir à te trouver, j'ai fait presque toutes les piaules de cet immense vivarium qui sert d'hôpital et j'ai vu des choses vraiment pas jolies, alors si tu savais comme je suis content de revoir cette vraie beauté de moustache.

— J'aime pas les visites, tu peux repartir.

— J'ai du mal à te croire, personne n'aime se faire chier tout seul l'été dans une chambre d'hosto.

— J'aime pas qu'on me regarde crever. Tu peux comprendre ça ?

— Je pense pas que tu vas mourir.

— Parce que t'es docteur maintenant ? T'es passé de pilier de bar à médecin ?

Il a grogné un coup en se relevant un peu sur le lit, il semblait fatigué, lassé mais c'est à ce moment-là qu'il a daigné sourire. Pas un long sourire, juste un côté de son visage, une moitié de lèvre, une moitié d'œil qui m'ont poussé à rester alors que j'hésitais à partir.

— Tu veux bien passer de l'autre côté du lit, j'ai mal à la nuque et je préfère les conversations où l'on peut se regarder dans les yeux.

Je me suis exécuté, j'ai pris ma chaise. J'ai eu un flash de lui déplaçant d'une main ma table favorite pour la mettre dans le coin que je préférais dans son bar.

— Alors, avec cette fille, t'en es où ? Raconte un peu.

— Je crois bien que c'est fichu, enfin, je sais pas. C'est compliqué.

— Écoute, écoute le vieil homme que je suis : on meurt seul. Complètement seul, et quand, comme moi, t'es allongé dans un lit d'hôpital, à soixante-douze berges, qu'est-ce qu'il te reste ? Que des souvenirs, l'ami. Il ne reste, face à la mort, que les expériences de la vie alors il faut vivre pour sa mémoire, vivre pour l'enrichir. Y a que l'amour qui compte, mon gars, le bonheur c'est une connerie, c'est de l'instantané, ça ne dure pas. Savoir aimer quelqu'un, c'est pas facile hein, mais quand c'est pur, ça dure. Être deux face à la vie, c'est le seul sens qu'on peut lui trouver. Le reste, c'est de la merde. Pour ça que je m'en fous de mourir, y a bien ma petite-fille et mon fils, mais je suis vieux, j'ai déjà partagé avec eux et ma femme mes meilleures années, alors ça n'a plus d'importance.

Il a marqué une pause. Maintenant il regardait le plafond, en ligne directe avec sa mémoire, il ne semblait plus chercher mais revivre.

— J'ai perdu Yvonne y a dix ans cette année, j'ai jamais pensé à une autre femme depuis. Si je veux, il me faut pas cinq secondes pour la voir très exactement. Ses traits qui se plissent de surprise quand je rentre du boulot, elle qui m'appelle « mon rat », elle qui m'embrasse, qui me raconte sa journée… Je crois pas en Dieu, tu sais, j'aurais bien aimé la retrouver pourtant. Il ne faut croire qu'en l'amour, tout miser dessus.

J'ai rien répondu. Il s'est rendormi peu après cette tirade, il avait dû y mettre toute l'énergie qu'il avait encore. Ses yeux se sont fermés. Je suis resté un peu assis à méditer sur ses mots et je suis parti. Il m'avait convaincu d'envoyer un nouveau message à Yaya.

À la sortie de l'hosto, j'avançai prudemment d'ombre en ombre, des platanes aux terrasses couvertes en passant sous le moindre porche. Le discours de Jacques me restait en tête, j'avais tout fait dans cette chambre pour ne pas céder à l'émotion, sûrement à cause d'une virilité un peu stupide. J'avais l'esprit ailleurs, ne considérant peu ou pas les gens autour de moi, ce qui explique que je n'ai pas vu arriver Yaya devant moi.

— Oh ! Mais qu'est-ce que tu fais là ?

— Là, je vais voir mon grand-père à l'hôpital. Pardonne-moi d'être partie comme ça de chez Jeff, c'est que quand j'ai appris qu'il était hospitalisé, j'ai pas voulu perdre une seconde, et aussi j'avais peur que tu veuilles m'accompagner ou m'aider, je sais pas... En tout cas, je voulais être seule, et je sais que j'aurais dû te prévenir, je comptais t'écrire d'ici quelques heures, d'ailleurs... Et puis, faut que je te dise autre chose, viens on va boire un café, enfin si ça te dit ?

— Oui, un café, d'accord. C'est fou, je sors de l'hôpital où je viens de voir Jacques, tu sais, le patron du café où l'on s'est rencontrés ?

— Oui, à propos... Il ne te l'a jamais dit parce que je lui avais demandé, mais Jacques, c'est mon grand-père.

— Ah... mais pourquoi ne pas me l'avoir dit ?

— Au cas où, je sais pas, c'était bête. Mais c'est pas ça dont je veux te parler. Viens, on va au café au coin.

II

Yaya m'a expliqué que c'était tout à fait impossible entre nous, à cause d'une maladie qu'elle avait.

Elle n'avait pas le sens du toucher. Certains naissent aveugles ou sourds, et elle était née sans être capable de ressentir, ni la douleur, ni le froid, ni le chaud, mais pas non plus les caresses, les baisers et tout le reste. Elle m'a dit que j'étais le grand gagnant, qu'elle n'avait pas autant ressenti l'envie d'être avec quelqu'un depuis très longtemps mais qu'elle savait où ça la mènerait. Elle en avait déjà fait l'expérience et elle en avait trop souffert. Elle disait qu'en couple, son handicap devenait insurmontable. Seule, elle pouvait encore oublier sa condition, c'étaient les autres qui étaient différents d'elle, mais à deux c'était elle la bizarre. C'était elle le problème. Elle qui ne pouvait pas donner à l'autre ce qu'il voulait.

J'écoutais sans rien dire, les mots me manquaient, j'essayais de comprendre.

— Tu vois, l'érotisme, la sensualité, je n'en connais que la théorie. Je sais qu'aimer sans pouvoir l'exprimer physiquement, pour vous, c'est qu'une frustration. Je refuse d'être à l'origine de ça. Je connais trop cette souffrance, celle de ne pas pouvoir apporter à quelqu'un qu'on aime ce qu'il désire, sans accepter pour autant qu'il le trouve avec une autre. Je suis désolée, on ne peut plus continuer à se voir. J'ai adoré passer ces moments avec toi, et je suis heureuse de t'avoir simplement rencontré, j'espère que tu pourras comprendre, je sais que ça doit être difficile d'entendre ça. Je ne peux pas m'imaginer être à ta place, comme tu ne peux pas comprendre la mienne.

Je n'arrivais plus à parler. D'un coup je la revoyais habillée en hiver comme si nous étions en été, et puis la tasse de café que j'avais renversée sur elle, son manque de réaction… Ces reculs précipités quand j'approchais ma main de la sienne, le train où elle ne se réveillait pas lorsque je la caressais doucement. Je restai sans voix, rien ne m'avait préparé à cette déclaration.

— S'il te plaît, dis quelque chose, ça m'angoisse ce silence, m'a demandé Yaya.

— Prends soin de Jacques.

CHAPITRE 17

Bobby colère, Bobby bobard

C'est au moment où j'ai approché mes lèvres de ce verre de whisky de douze ans d'âge vieilli en fût de chêne qu'il est sorti de je ne sais où et a envoyé valdinguer mon verre contre le mur. J'ai conservé mon calme et je m'en suis resservi un, qu'il a, une nouvelle fois, arraché de mes mains avant de l'exploser par terre.

— C'est fini, Bobby.

— S'il te plaît, tiens le coup.

— Tu sais combien de cas dans le monde on a recensés depuis qu'on a découvert l'existence de la maladie de Yaya, selon le grand Internet ? Trois... Et je ne dis pas trois sur les sept milliards d'individus vivant aujourd'hui, puisque le chiffre concerne une période de cent ans. C'est comme si ça n'existait pas, sauf que ça existe, c'est ce genre de statistiques, tu vois ? Un pourcentage si faible que ça ne devrait pas exister, tu comprends ?

— Bah… je sais pas mais… si ça existe c'est que ça existe.

— Bah non, regarde-toi, t'existes pas hein… pourtant t'es là…

— Ok, je comprends que tu sois déçu, mais tu vas trouver quelqu'un d'autre, faut croire au futur, c'est ça ton problème, tu…

— Regarde bien le futur.

J'envoyai une lourde claque sur la joue gauche de Bobby, j'avalai quatre grandes rasades de whisky avant qu'il ne se jette sur moi et tente de m'arracher la bouteille. Je la protégeai comme un nouveau-né pendant un bombardement, j'esquivai ses griffes crasseuses d'adolescent et plaçai une parfaite gauche sur le haut de son crâne mais, porté par la puissance du coup, je tombai avec lui et restai au sol quelques minutes.

Devant le miroir de ma salle de bains, je ressentis une profonde honte en regardant ma tempe enflée et ma joue rougie. J'avais encore tout à fait conscience de ce que je venais de faire. Je n'étais pas dingue, j'avais eu un épisode de délire, c'est tout, un craquage.

Les jours suivants, je les passai devant la télévision, buvant en permanence, j'en ai des souvenirs très flous, Bobby était là mais on ne se parlait plus, j'espérais juste qu'il commence à accepter son avenir. En ce mois de juillet caniculaire, les livreurs en nage étaient mes seuls contacts humains. Ils me délivraient de la faim, je les accueillais en caleçon, je ne parlais que pour les remercier et leur donner un pourboire. Mon Shakan, que j'oubliai complètement, a rapidement perdu la vie. Un matin j'ai vu ses feuilles à terre, il avait changé de couleur, complètement desséché… Je m'en suis beaucoup voulu, j'étais certain qu'il avait atrocement souffert.

Marjolaine ne voulait plus me voir non plus et je ne savais pas pourquoi, ou ne m'en rappelais plus. Je l'avais vue un soir pour me réveiller le lendemain matin totalement amnésique. Une semaine plus tard, quand j'avais essayé de la recontacter, elle m'avait écrit un texto : « Je te l'ai dit la dernière fois, je veux plus qu'on se voie. » J'avais eu trop peur de la possible honte qui découlerait d'une explication, alors je ne lui avais pas demandé pourquoi. J'avais dû embrasser mon pathos plutôt qu'elle.

Jeff, lui, a essayé de m'appeler plusieurs fois, il est même venu toquer à la porte mais il l'a fait alors que je n'avais rien commandé à bouffer, donc je me suis méfié. J'ai regardé à travers le judas, il était là, souriant, avec des fleurs. Ça m'a ému, je suis resté immobile jusqu'à ce qu'il parte, par peur qu'il entende le parquet craquer et qu'il comprenne que je l'esquivais. Il ne pouvait pas m'aider, d'aucune façon.

En plus d'avoir pris dix kilos, mon hygiène de vie était déplorable. Je n'avais plus d'attentes, je comptais boire jusqu'à ce qu'il se passe un truc, la mort ou la folie permanente. Les deux m'allaient.

II

Après plus ou moins quarante-cinq jours d'ivrognerie, un espoir fou est apparu, alors que je regardais une émission télévisée du 14 Juillet, jour de la fête nationale. France 2 diffusait un reportage sur des vétérans de guerre, il s'agissait de montrer de braves soldats dont la résilience ne pouvait qu'émouvoir et inspirer. Une propagande intelligemment faite, pensai-je à trois grammes, pleine de positivisme, de courage et de valeurs patriotiques.

Il y avait Guillaume, qui avait perdu sa jambe et qui, depuis, avait remporté l'or aux Paralympiques trois années de suite en course de fond. Mireille, qui avait perdu son bras et un tympan à cause d'une mine que son berger allemand n'avait pas pu sentir. Elle parlait avec émotion de son chien perdu et de sa nouvelle vocation : elle avait, depuis, ouvert un refuge pour animaux. Pendant toute l'émission, je regardai mon petit doigt et ma phalange manquante en me disant que je n'étais pas grand-chose. Je me suis imaginé m'enrôler moi aussi, même si je savais que l'armée ne pourrait jamais donner du sens à ma vie, j'aurais pu, puisque j'étais trop lâche pour le suicide, être payé en attendant que quelqu'un termine le truc pour moi. J'ai vite chassé l'idée quand l'émission s'est intéressée à Marc. Marc avait eu un accident de parachute, celui-ci ne s'était pas ouvert, l'homme n'y était pour rien, matériel défectueux. Il avait miraculeusement survécu grâce à de lourdes branches de sapin qui avaient amorti sa chute libre. Marc avait tout de même perdu connaissance, s'était cassé plus d'une vingtaine d'os, avait subi un traumatisme crânien mais, heureusement pour lui, tout ceci n'était pas arrivé en temps de guerre mais lors d'un exercice dans les Vosges. Il avait été récupéré et emmené en urgence pour être opéré. Lors de l'opération, le chirurgien, qui tentait de déloger un caillot de sang à l'intérieur de son crâne, sectionna dans l'urgence, sans le vouloir, un morceau qui changea l'existence de Marc. Car s'il a survécu, la partie de son cerveau endommagée par le chirurgien, qui se situait dans les aires sensorielles du cortex, s'est révélée être celle qui régissait tout ce qui était de l'ordre de la sensation. Marc s'est retrouvé handicapé à vie. Comme Yaya, il ne ressentait plus rien.

J'ai tout de suite eu une peur terrible que Yaya soit en train de regarder ce reportage, qu'elle trouve ce soldat et qu'ils s'aiment instantanément. J'étais paniqué, j'ai voulu l'appeler pour le lui demander. Il m'a fallu de longues minutes d'hésitation pour réaliser que Yaya ne regardait pas la télé et que le soldat, ça pouvait être moi…

Je pourrais enfin guérir, sortir de ce monde sensoriel, ne plus rien ressentir sans même me servir un seul verre, devenir tout à fait insensible, sans artifice, pour toujours.

Théoriquement, une opération permettrait de me rendre comme elle, je pouvais devenir son égal, son pareil, la comprendre entièrement. Elle ne serait plus jamais seule. Je n'ai pas hésité longtemps, j'ai vite fait le tour des pour et des contre. Elle était tout ce que j'avais toujours voulu.

J'ai appelé France 2, et leur ai demandé le mail des journalistes qui avaient fait le reportage, en avouant que j'avais adoré. Je leur ai ensuite écrit un courrier que je jugeai très émouvant, long de plusieurs pages, résumant mon histoire. À la fin, j'expliquais qu'il fallait à tout prix que je rencontre le chirurgien responsable, que j'étais même prêt à payer pour cela.

La réponse arriva le lendemain, ils ne me donnaient pas le contact du chirurgien et avaient l'audace de proposer de faire un reportage sur Yaya, « un sujet aussi original pourrait être l'occasion de faire une grande émission, etc. ». Je leur ai répondu par un mensonge attractif : pour obtenir le numéro du chirurgien, je leur promettais de convaincre Yaya de l'utilité d'un sujet sur sa condition médicale si et seulement si je pouvais avoir le numéro désiré. Le lendemain, ils me répondaient qu'ils ne pouvaient pas, pour des raisons éthiques et professionnelles, me transmettre ce contact. J'ai eu envie d'aller brûler leur siège et leur corporation tout entière.

Tant pis, j'allais devoir retrouver seul le soldat opéré. Grâce à Internet, je regardai en replay l'émission du 14 Juillet, pour retrouver au moins son prénom et peut-être des indices sur son adresse.

Suivre la même méthode pour le chirurgien n'était pas possible car il était cité de façon anonyme.

Le soldat en question s'appelait Marc Aunaire ; je ne trouvai pas son adresse, ni aucun indice. J'appris par contre qu'il avait fait partie de l'armée de terre et qu'il devait avoir mon âge, à quelques années près. Pas de Facebook, pas de LinkedIn ni d'Instagram. J'essayai un marc.aunaire@gmail.com ainsi que différentes variantes, racontai encore une fois mon histoire, mais sans succès. Après des jours de recherches numériques, un peu par hasard, sur une page 8 de recherche Google, je découvris le MySpace d'un certain Marc A., dernière modification en date, 7 juin 2009. Sur sa page, notre militaire adolescent posait sur une photo, pouce en l'air. Le nom de son collège-lycée était mentionné, il se trouvait à Aulnay-sous-Bois.

J'appelai le collège et inventai une histoire rocambolesque d'objets perdus à restituer pour avoir son adresse, ou celle de ses parents. Ils me la donnèrent, et j'y allai un matin, assez sobre, pour ne pas faire mauvaise impression. Lorsque sa mère m'a ouvert la porte, j'ai inventé encore toute une histoire, j'étais un ami de Marc, je l'avais vu à la télé, j'aurais voulu le revoir pour prendre de ses nouvelles, son histoire m'avait beaucoup inspiré.

Sa mère, adorable, accepta de me faire entrer et, après un thé rempli de mensonges, je sortis de chez elle avec la dernière adresse du soldat Marc.

Je me retrouvai ainsi le 28 juillet face à lui. Il avait la carrure d'un militaire et le regard d'un mec qui a frôlé la mort. Avec ça, le même sourire et la même gentillesse que sa mère.

Je n'attendis pas qu'il m'invite à entrer pour expliquer la raison de ma visite. J'avouai immédiatement tout ce que j'avais fait pour le retrouver, je n'avais pas besoin de faire semblant pour être touchant parce que je parlais d'un ton plein d'espoir et de trémolos. J'expliquai qu'il était un des derniers chaînons de la solution, qu'il fallait absolument que je retrouve le chirurgien qui l'avait opéré. Marc m'a pris pour un dingue. Ce médecin avait gâché son existence et je lui expliquai que je voulais la même chose pour moi. Au départ, il a refusé. Il disait que je ne me rendais pas compte. J'ai insisté comme j'ai pu mais il était catégorique.

Je suis rentré chez moi déçu mais au lieu de me mettre à boire, j'ai commencé à écrire. J'ai repris l'histoire de ma rencontre avec Yaya que j'avais commencée en cure, dans l'espoir de faire comprendre à Marc ce qu'elle représentait pour moi ; les mois de recherches, les mois de sobriété, les mois d'attente et sa déclaration finale lorsqu'elle m'expliqua que nous ne pouvions pas être ensemble à cause de sa différence. Après deux semaines de travail acharné, je tenais mon texte et je le trouvais plutôt émouvant. Je l'ai imprimé et mis dans la boîte aux lettres de Marc en laissant mon numéro de téléphone ainsi qu'un mot d'explication. Il m'a rappelé quelques jours après. Il avait été ému, sa femme aussi l'avait lu, ils étaient touchés par ma cause et Marc acceptait de me donner le contact du chirurgien, en me précisant aussi qu'il ne fallait pas que je me fasse de faux espoirs, jamais il n'accepterait de m'opérer, et mon histoire n'y changerait rien.

CHAPITRE 18

Plus têtu tu meurs

Le chirurgien exerçait à une heure de Paris, dans ce genre de banlieue ni riche ni pauvre qui semble toujours désertée. Il avait arrêté de travailler pour l'armée et partageait un cabinet avec plusieurs autres praticiens. Je me suis retenu de donner à la secrétaire les vraies raisons de ma venue et j'ai gentiment patienté dans la salle d'attente. Le docteur Dorasso avait une soixantaine d'années, cheveux blancs clairsemés, grand et squelettique, un peu courbé, il avait l'air épuisé. Il était enfin en face de moi, j'avais du mal à cacher mon excitation. Entre le moment où j'avais entendu parler de lui et cet instant où je me retrouvais face à son mètre quatre-vingt-dix, j'avais pensé à lui plusieurs heures par jour. Je l'avais imaginé de mille façons, répétant des centaines de fois les phrases que j'allais lui dire. J'essayai au mieux de masquer ma joie, me retenant même de lui dire que je le trouvais bel homme.

J'expliquai le motif de ma visite en prenant mon temps. J'insistai sur les points importants. J'essayai de lui faire comprendre qu'il n'était pas seulement question d'amour, mais de survie, de nécessité vitale pour moi. Il m'écouta sans dire un mot. Quand j'eus terminé mon histoire, j'étais sûr d'avoir été convaincant mais il m'a gentiment proposé de voir un psy. J'avais tout fait pour l'émouvoir et lui m'avait pris pour un dingue.

Je suis reparti du cabinet le plus dignement possible, en le remerciant d'avoir pris le temps de m'écouter, et en lui souhaitant une bonne journée.

Alors qu'il était en train de m'envoyer chier poliment, de grandes idées avaient parcouru mes méninges. Je concoctais un nouveau plan. J'allais lui mettre Hippocrate à l'envers.

N'étant pas de nature violente, je ne pouvais pas le forcer à m'opérer. Je ne pouvais pas non plus, comme j'avais dû le voir dans un film de gangsters, kidnapper un membre de sa famille, l'enfermer et ne le libérer qu'une fois l'opération effectuée.

Ce que je pouvais faire, en revanche, c'est lui montrer à quel point j'étais déterminé.

J'ai attendu une semaine, buvant pour tuer le temps.

Le lundi suivant, j'y suis retourné en fin d'après-midi. J'ai attendu qu'il sorte de son cabinet pour l'accoster.

— Bonjour docteur !

J'ai vu de la peur dans ses yeux mais il a fait bonne figure et m'a demandé ce que je voulais.

— Toujours la même chose. Je viens vous expliquer pourquoi vous devez m'opérer.

— Je vous ai déjà entendu.

— Oui mais j'ai oublié de préciser que si vous ne le faites pas, je ne veux plus vivre.

À ce moment-là, j'ai sorti un long couteau de ma poche, je l'ai regardé droit dans les yeux, et je me suis ouvert sur dix centimètres les veines de l'avant-bras, comme il se doit, dans la longueur, et à la verticale.

Quand quelques secondes plus tard mes jambes m'ont abandonné, il a couru vers moi, mon sauveur.

II

Je me suis réveillé dans un lit d'hôpital, mes poignets attachés à la rambarde. Le docteur Dorasso n'était pas là. Je ne sais pas pourquoi, je l'avais imaginé près de moi à mon réveil. Les points de suture tiraient ma peau et je me sentais franchement faible, mais mon esprit était intact, tout comme ma volonté. La première partie du plan avait fonctionné, le reste était facile. J'ai arraché la perfusion de mon bras en attrapant le tuyau avec mes dents, ce qui alerta une infirmière. Elle arriva pour la remettre mais je refusai catégoriquement. « C'est mon droit. J'en veux pas. Remettez-la et je l'arrache à nouveau. Appelez un médecin s'il vous plaît. »

Le médecin de garde cette nuit-là avait une forte personnalité mais ma détermination était sans limite. J'expliquai que je ne voulais plus me nourrir tant que le docteur Dorasso refuserait de m'opérer. J'avais préparé mon discours, j'étais calme et direct, j'exerçais un droit humain, une grève de la faim mûrement réfléchie, et j'avais parfaitement conscience des risques encourus. Le médecin m'expliqua que j'avais perdu presque deux litres de sang et que c'était parfaitement stupide de commencer une grève de la faim en étant aussi affaibli, que j'allais rapidement avoir des complications physiques. Je tins bon.

III

Quand je me suis réveillé de ma première nuit, on m'avait remis une intraveineuse. Je l'arrachai à nouveau et, à l'infirmier qui commençait sa journée, j'expliquai qu'on m'avait nourri de force. Sont apparus l'un après l'autre une ribambelle de médecins, chirurgiens et psychologues. À tous, je racontais la même histoire. Ils exposaient souvent les mêmes arguments, que cela allait à l'encontre de toute éthique médicale, que jamais un chirurgien n'accepterait de handicaper à vie un patient, que c'était une cause perdue. J'expliquais alors que je ne voulais plus vivre si c'était pour vivre avec mes sensations, je préférais mourir, c'était mon choix. Ils ont bien essayé de me droguer de calmants, de me nourrir sans me le dire mais je restais assez lucide pour protester et me faire entendre. Les trois premiers jours, le plus difficile n'était pas la faim mais la fatigue. Je devais lutter pour les convaincre que je n'avais pas déraillé, encore et toujours les mêmes arguments. On me répétait que je n'étais pas rationnel, je répondais que le sentiment amoureux est par nature irrationnel. Tous les mythes, d'Hélène de Troyes jusqu'à Blanche-Neige, l'expriment, n'est-ce pas docteur ?

Mon sort était entre les mains des psychologues et des psychiatres ; quand ils n'analysaient pas ma potentielle folie, ils devaient en débattre autour d'un café dans une salle triste. J'avais appris leurs prénoms et noms, je restais toujours poli et courtois, et je m'appliquais à mettre dans chacune de mes réponses une détermination exemplaire. Au bout du septième jour, seuls deux d'entre eux continuaient leurs visites : j'en ai conclu que je n'irais pas en hôpital psychiatrique, ma plus grosse peur était passée et ma volonté s'était encore renforcée.

En revanche, je n'avais toujours reçu aucune visite du docteur Dorasso, mon sauveur. Je me rassurais en me disant que s'il ne venait pas, je trouverais un moyen d'aller à lui.

Bobby ne me parlait plus, il n'arrivait même plus à être moralisateur, ne donnait plus de conseils, ne me disait plus quel était mon problème. Il était assis face à la fenêtre. Il émettait parfois des soupirs de lassitude qui me rappelaient sa présence. Il changeait d'âge à chaque apparition, parfois il avait six, sept ans, d'autres fois dix de plus, mais toujours le même regard lointain, vers l'horizon gorgé de soleil.

Parce que mon corps criait famine, je n'avais plus envie de boire d'alcool, j'y pensais mais c'était toujours un détail dans mes rêves de bouffe. Yaya m'accompagnait dans mes festins absurdes : des poulets de quatre mètres de haut becquetaient le sol et des vaches minuscules de quelques centimètres fuyaient par troupeaux. Avec Yaya, on chevauchait des cochons ibériques à travers le monde, on goûtait à tout. Les longs râles de mon estomac me réveillaient parfois.

La deuxième semaine de jeûne, une incroyable sensation a envahi mon corps et mon esprit tout entiers, un peu semblable à celle que provoque la morphine. J'avais l'impression de flotter dans les airs, j'avais le poids d'une plume, la gravité n'attirait pas ma masse, je me pinçais parfois pour savoir si j'étais bien vivant… Cette sensation a perduré plusieurs jours, alternant avec une extrême fatigue et ce que j'appellerais des crises de confusion, de courts moments où je ne savais plus qui j'étais ni ce que je faisais là. C'était souvent la vue de Bobby qui me rappelait à la raison : quand j'allais mal, il daignait se tourner vers moi, il faisait sa moue, les lèvres retroussées, smiley triste.

Je tenais sans complications, les infirmiers et médecins devenaient de plus en plus doux et compatissants, un lien s'était créé, ou bien c'était seulement parce qu'ils me prenaient pour un condamné. Toujours aucune nouvelle de Dorasso, pourtant je continuais à y croire. Depuis le moment où j'avais pensé mon stratagème, je m'étais préparé à l'idée de mourir. À chaque nouveau réveil, mon esprit retournait vers Yaya, et si je sentais la peur de la mort, elle était remplacée par une terreur bien plus profonde : celle de revenir à une vie sans elle.

Je maigrissais vite, mes côtes ressortaient, mes avant-bras déjà minces fondaient, là aussi je voyais de mieux en mieux les os. Ce n'était pas beau à voir mais ma volonté restait intacte.

Je ne souffrais pas tant j'étais galvanisé par mon effort et fier de ma puissance.

Bobby est resté fidèlement avec moi jusqu'à la dernière nuit. Cette nuit-là, je lui ai dit que j'avais compris pourquoi il avait été avec moi ces derniers mois, pourquoi il m'apparaissait. J'avais bien reçu le message, il ne devait plus s'inquiéter.

Ce fut notre dernière rencontre, il n'est plus jamais revenu.

CHAPITRE 19

Exécution finale

Le matin du dix-huitième jour de grève, le docteur Dorasso est enfin venu me rendre visite. Je n'étais plus vraiment moi-même mais je gardais le cap. Il a ouvert la porte et m'est apparu à contre-jour. On aurait dit Jésus malgré sa calvitie et sa double trentaine. À mes yeux, il était absolument divin, puisqu'il était celui qui pourrait me délivrer du charnel. Il était plus compatissant cette fois, il n'en a pas moins essayé de me raisonner par tous les moyens ; et si ça ne marchait pas avec cette fille ? Et si ça ne marchait qu'un temps ? L'opération serait irréversible et je me retrouverais handicapé à vie. Et si cette différence m'empêchait ensuite de retrouver quelqu'un d'autre ? J'étais encore jeune… Il a conclu en me proposant un velouté de potiron qu'avait préparé sa femme. Je refusai catégoriquement toute nourriture et exposai mes plus beaux arguments. Depuis le début de ma grève de la faim, je me documentais sur celles et ceux qui, avant moi, avaient entrepris le même projet, Gandhi et Mandela bien entendu mais aussi d'incroyables Irlandais qui détenaient le record du monde, je ne lisais que ça. Je me sentais moi aussi transformé et même transporté par mon but. C'est cela que Bobby avait voulu me réapprendre, cette foi en soi.

— J'y peux rien, l'espoir fait vivre, docteur, être comme elle, c'est mon seul espoir. Vous êtes celui qui peut me rendre comme elle, vous êtes donc mon seul espoir, mon unique raison de vivre, et c'est ce qui me nourrit désormais. Ma volonté est immense, docteur, elle surpasse la raison. J'imagine que mon corps sécrète ses dernières réserves de je ne sais quoi, je me sens hyper bien. J'imagine aussi que quand cet espoir n'existera plus, je m'éteindrai en quelques secondes. Si je meurs pendant l'opération, ça reviendra donc exactement au même.

— Vous pensez vraiment pouvoir me convaincre comme ça ?

Il a marqué un temps après avoir longuement soupiré.

— Écoutez, je n'en peux plus. Voilà deux semaines que je me réveille tous les matins en pensant au petit con que vous êtes. J'aimerais ne pas appeler l'hôpital pour prendre de vos nouvelles mais je n'y arrive pas…

Il s'est interrompu, il était à bout, il me faisait peine.

— Le soldat Aunaire, j'y pense aussi tous les jours, vous savez. Je vois l'instant précis de mon erreur, je ne cesse pas de le revoir, il me hante, cette seconde où ma main a manqué de stabilité. Je vais devoir vivre avec cela toute ma vie, vous comprenez ? Il est hors de question que je recommence. Mourez de faim, c'est votre bêtise ou votre folie, appelez ça comme vous voulez, mais ce sont elles qui vous tueront, pas moi.

— Mais écoutez ce que vous dites, c'est génial, vous êtes génial ! Un malheur pour l'un peut être une bénédiction pour un autre. Justement, je peux être l'opportunité de changer tout ça. Vous n'allez pas me tuer, vous allez me guérir de ma souffrance. La différence entre Marc et moi, c'est que moi je le veux !

Ma tête s'est mise à tourner, l'excitation et le manque de nourriture provoquaient des vertiges, mon cœur peinait à faire affluer le sang vers mon cerveau. Je rassemblai toutes mes forces pour tenter une dernière fois de le convaincre.

— Vous avez l'opportunité de transformer une erreur en quelque chose de merveilleux. Je vous en prie, docteur, je ne tiendrai plus longtemps, opérez-moi. Dans le tiroir de la table de nuit, vous trouverez des papiers signés, notamment une décharge qui stipule que c'est ma volonté. S'il vous plaît.

J'étais à bout de forces, j'ai continué à répéter « s'il vous plaît » et j'ai dû m'endormir à ce moment-là.

Je me suis réveillé quelques heures plus tard, ou peut-être seulement quelques minutes, j'entendais parler, je discernais les voix de Dorasso et du directeur de l'hôpital qui conversaient dans le couloir.

— Je vais pas l'opérer, quand même. Tout ça pour une fille, faut être timbré. En plus, je suis à un mois de ma retraite, quelle connerie. Sa place est dans un hôpital psychiatrique, il est pas bien, ce garçon…

— Notre service psychiatrique n'est pas du même avis, désespéré mais lucide ils disent. Et j'ai rarement vu quelqu'un d'aussi déterminé, je suis convaincu qu'il ira au bout de son idée, il ne se nourrira pas tant que…

— Et vous refusez de le nourrir de force ?

— C'est contraire à l'éthique médicale.

— Oui, quand il s'agit d'un militant politique, quand la cause est juste et nécessaire, très bien, mais là c'est pas possible, si on dit oui à sa demande, on va où ?

— Je ne sais pas trop quoi vous répondre, à part que je peux vous fournir la salle d'opération, des assistants, des infirmiers. Il est prêt à signer n'importe quoi pour qu'il n'y ait pas de retombées judiciaires. Je le sais profondément déterminé. Je crois vraiment qu'il ira jusqu'au bout !

— Vous pensez réellement que l'opérer, c'est lui sauver la vie ?

— Non mais je pense réellement que si vous ne faites rien, il va se laisser mourir.

— Putain de bordel de merde. Alors allons-y.

II

Avant l'opération, aux toilettes, j'ai regardé dans le miroir mon visage tout creusé et blanc, mes yeux sortaient de leurs orbites, je n'avais jamais été aussi beau.

J'ai pissé debout en me tenant à peine à la rambarde, comme un bonhomme. Puis l'infirmière a poussé mon fauteuil roulant jusqu'au bloc.

Le docteur Dorasso était en vert pomme de la tête aux chevilles, seuls son masque et ses sabots étaient blancs. Quatre infirmiers préparaient méticuleusement les instruments médicaux, tandis que deux autres me portaient sur la table d'opération. J'ai croisé le regard de Dorasso alors qu'il passait la tête devant l'énorme lampe d'opération mobile, il avait encore l'air d'un ange, j'ai essayé d'exprimer ma gratitude dans un simple merci, à quoi il a répondu : « Vous n'avez pas intérêt à mourir. » J'ai souri de toutes mes forces. « Je vous aime », ai-je dit à Dorasso et ses compagnons de médecine après ma première bouffée d'oxygène pure, et ma conscience s'est volatilisée.

III

L'opération s'est parfaitement déroulée. Moins de deux heures. Je ne pensais qu'à Yaya. J'irais bientôt la retrouver, mais avant il fallait que je reprenne des forces et quelques kilos pour ne pas lui faire peur. Quand Dorasso est venu me voir, je l'ai remercié de toutes les manières imaginables et j'ai insisté pour le payer mais il ne voulait rien savoir. Il ne demandait qu'une chose, que je le tienne au courant quant à Yaya et notre relation.

« Si ça fonctionne entre vous deux, et le plus long sera le mieux, je me sentirai utile et pas complètement idiot d'avoir cédé à cette folie. Donc tenez-moi au courant. » Je lui ai promis de le faire.

Je suis resté encore une semaine à l'hôpital. Chaque jour je mangeais un peu plus solide et consistant, de la soupe à la viande, prenant un plaisir démesuré en goûtant de nouveau à certaines saveurs oubliées. Mes sensations gustatives étaient telles que j'en oubliais quelquefois la perte de mes sensations tactiles. Rien ne me manquait vraiment à ce niveau-là, le plus étrange était de ne pas ressentir l'urine sortir de mon urètre, peut-être parce que je ne l'avais pas anticipé tandis que le reste, j'avais commencé à m'y préparer. Le premier jour, je me suis amusé à me piquer un peu partout sur le corps, avec la pointe d'un trombone, pendant des heures, sans rien sentir, complètement subjugué par mon nouveau pouvoir. Le deuxième, je me suis cogné contre la rambarde de mon lit d'hôpital. Si je n'avais pas entendu le violent « bam » du choc, je ne l'aurais jamais su.

Le troisième jour, en mettant mes deux pieds à terre, je me suis écroulé. Les muscles de mes jambes avaient fondu. J'ai dû réapprendre à marcher sans sentir mes membres, un travail acharné de mémoire et de répétition. C'était long et éprouvant mais je m'exerçais une dizaine d'heures par jour. À présent, j'ai toujours l'air d'un oiseau maladroit quand je marche, une sorte de manchot, mais ça me va. J'ai aussi lu bon nombre d'articles médicaux sur le sens tactile, pour savoir comment vivre désormais. J'avais du temps à perdre et mon cerveau dépourvu d'alcool fonctionnait à plein régime.

Je réalisai que je ne jouerais plus jamais au ping-pong ou à n'importe quel jeu d'adresse de la même manière. Ma coordination était devenue désastreuse. Je ne pouvais pas, par exemple, attraper un objet les yeux fermés. J'avais besoin de voir mon bras, ma main pour savoir où ils se trouvaient. Yaya ne devait pas avoir ces problèmes, elle était née ainsi, elle s'était adaptée très jeune, elle avait dû développer sa proprioception autrement, son cortex avait dû s'accoutumer. Je lui avais déjà écrit pour que l'on se revoie, prétextant quelque chose à lui demander et lui promettant de ne plus l'embêter par la suite. J'avais rendez-vous avec elle dans quelques jours, pour déjeuner. J'avais aussi pris des nouvelles de mes parents, de Jeff, de Jacques qui sortirait bientôt, tout allait bien. Il ne manquait plus qu'elle.

CHAPITRE 20

Pour un nouveau départ

C'était un restaurant italien avec des boules de buis dans l'entrée et des fourchettes aiguisées.

Elle était mal à l'aise, elle bougeait, tordait, serrait ses doigts sous la table. Je restai silencieux le temps qu'elle se calme un petit peu. Je sentais qu'elle ne voulait pas être là, ni croiser mon regard trop longtemps. On a échangé quelques phrases polies, elle a pris du vin et moi de l'eau. Comme d'habitude j'avais prévu des phrases toutes faites qui tournaient en boucle dans mon crâne, mais aucune ne me plaisait vraiment, ou peut-être une, courte, simple, rimée : « Yaya, ça y est, je suis comme toi. » J'ai préféré reprendre depuis le début.

J'ai commencé par avouer mon alcoolisme, la cure, nos retrouvailles, l'espoir insensé que j'avais mis en nous deux. L'effet que m'avait fait sa déclaration la dernière fois qu'on s'était vus. Elle se détendait doucement, ses mains un peu plus calmes devant son arancini fumant. « Mange, Yaya, m'attends pas. »

J'expliquai le soldat Aunaire et son opération. Elle s'arrêta de manger, son regard changea. Sur son visage se dessinaient l'étonnement et la curiosité. Je continuai mon récit, la rencontre avec le docteur Dorasso, ma tentative de suicide face à lui, et ma grève de la faim pour qu'il accepte finalement de m'opérer. Cette fois le regard de Yaya se figea, sa colère s'exprimait en petits tics nerveux près des sourcils. Son arancini avait refroidi, elle n'y avait pas touché. Mes gnocchis n'avaient pas bougé non plus.

— Tu te fous de ma gueule, en fait ? Tu te moques de ma maladie ? Je ne te voyais pas aussi bas, tu voulais qu'on se revoie pour me faire de la peine, c'est ça ? Quel genre de sadique il faut être…

— Mais je te jure que c'est vrai…

Je ne l'avais jamais vue ainsi, son chagrin s'était transformé en colère, et j'étais la cause de cette avalanche émotionnelle. Je l'ai vue mettre son téléphone dans son sac, elle s'apprêtait à partir, elle a saisi sa fourchette. La voir dans cet état me faisait tellement de peine que je n'osais pas la regarder, je ne m'attendais pas une seconde à ce qu'elle puisse me penser malhonnête, je cherchais désespérément les mots pour la convaincre, quand j'ai entendu un « Oh » d'effroi venant de la table d'à côté, j'ai levé la tête pour voir ce qui se passait quand j'ai croisé le regard de Yaya, désarçonnée, qui fixait ma main.

J'accompagnai son regard et vis une fourchette plantée toute droite au milieu de ma main gauche, avec quatre lignes de sang parallèles qui venaient tacher la nappe.

— Tu vois que je me fous pas de ta gueule, non mais. Tu me prends pour qui ? Je suis dingue de toi, complètement fou, ce serait mieux que tu l'acceptes.

Elle s'est levée de sa chaise, a fait le tour de la petite table ronde, m'a attrapé la mâchoire et m'a embrassé goulûment. Je ne sentais rien mais il y avait cette petite touche de sel dans sa bouche si délicieuse. On s'est regardés longuement, pas pour se voir, pour se ressentir.

Les clients du resto, les autres, nous dévisageaient, mais pendant cet instant ils n'existaient plus. Plus un bruit, plus un regard, jusqu'à ce que Bobby me chuchote, « Pas si naze au final ».

REMERCIEMENTS

Je remercie de tout mon cœur, pour leur aide si précieuse, Samuel Benchetrit, Chloé Deschamps, François Klein, Basile Lambret, Mahault Mollaret, et ma très chère grand-mère.

Cet ouvrage a été achevé d'imprimer sur Roto-Page
par l'Imprimerie Floch à Mayenne
pour le compte des éditions Grasset
en février 2024

Composition et mise en pages
Nord Compo à Villeneuve-d'Ascq

PAPIER CERTIFIÉ

N° d'édition : 23126 – N° d'impression : 104312
Dépôt légal : mars 2024
Imprimé en France